피에치노

최아름 판타지 동화

청어

피에치노

최아름 지음

발행처 · 도서출판 청어
발행인 · 이영철
기 획 · 김홍순 | 손영국
영 업 · 이동호
편 집 · 김영신 | 김인현
디자인 · 오주연
인 쇄 · 두리터

등 록 · 1999년 5월 3일(제22-1541호)

1판 1쇄 인쇄 · 2008년 10월 10일
1판 1쇄 발행 · 2008년 10월 15일

주소 · 서울시 서초구 서초동 1588-1 신성빌딩 A동 412호
대표전화 · 586-0477
팩시밀리 · 586-0478

블로그 · http://blog.naver.com/ppi20
E-mail · ppi20@hanmail.net

Piachino

『피에치노』는 항상 '이런 책 하나만 있었으면 좋겠다' 라는 생각에서 쓰게 된 글입니다. 아마 저의 우상인 안데르센이 살아 있다면 그도 이렇게 글을 썼을 것이라 생각합니다.

이 글이 어쩌면 여러분의 눈에는 그저 '하층민 혼혈아의 여행 이야기' 로 비춰졌을지 모릅니다. 그리고 너무도 터무니없고, 허구적이란 생각이 들지도 모릅니다. 전형화가 되어 있지 않다고 말할 수도 있겠군요. 하지만 영원히 늙지 않는 '피터팬', 인어의 사랑 얘기인 '인어공주', 시간을 훔치는 도둑이 나오는 '모모', 작은 별에서 장미를 사랑하는 '어린왕자' 등의 동화들과 마찬가지로 피에치노도 사람들에게 꿈과 희망, 생각할 수 있는 기회를 주기 위해 쓴 글입니다.

피에치노의 형식은 약간 특이합니다. 한 편의 연극이죠. 연출은 피마자이고요. 막이 올라가면 배우들은 연극을 합니다. 그리고 그 연극을 보는 관객은 양치기 한 명. 물론 자신이 연극을 보고 있다는 것을 모르는 관객은 없죠. 자세한 설명은 하지 않겠지만 한 줄이라도 의미 없이 넘기지 말고 주의 깊고 세심히 읽어주세요. 그게 제가 여러분에게 주는 선물입니다. 그리고 또 다른 선물은 소설 속 현실에서 기적이 일어나는 이야기를 통해 준비해두었습니다.

물론 너무도 믿을 수 없는 이야기라 거부감이 들었을지도 모르겠습니다. 하지만 이 세상에는 수많은 기적들이 있어 왔고, 그 기적들은 알게 모르게 우리의 삶 속 깊숙이 자리 잡고 있습니다. 스티븐슨은 증기기관차를 발명하고, 넬슨장군은 에스파냐 무적함대를 격파했습니다. 또 벨은 전화기를 발명했고, 에디슨은 전구를 발명했지요. 기적이 특별한 존재에게만 일어난다고 생각하실지 모르지만 그렇지 않습니다. 저같이 평범한 아이가 어렸을 적부터 꿈꿔왔던 동화작가가 된 일도 기적이죠. 기적은 누구에게나 일어날 수 있고, 다만 그것을 이루기 위해서는 끊임없이 노력해야 하더군요. 앞에서 언급했던 세계적인 위인들도 노력이 없었다면 기적을 일으키지 못했을 겁니다.

그렇다면 왜 기적을 바라고 찾아온 사람들을 피에

치노가 라마단 기간이라며 돌려보냈는지 의문점이 생길 겁니다. 우선 겉으로 드러나는 이유는 그들이 빵집에 빵을 사러 오는 사람들이 아니기 때문입니다. 정성스럽게 만든 소중한 빵을 불순한 목적으로 찾아오는 이들에게 파는 것은 기분이 상하는 일이니까요. 그리고 드러나지 않는 피에치노의 속마음은 마치 로또복권을 하는 듯한 그들의 태도에 대한 불만입니다. 노력은 하지 않고 '어쩌면 내가 행운의 주인공이 될 수 있잖아' 하는 생각을 가지고 무작정 찾아온 사람들의 모습에 불쾌감이 생겨서이죠. 그들이 진지하지 않다는 것은 힘들게 지킨 자리를 돈을 주는 리넘에게 양보하는 것을 보면 알 수 있죠. 만약 그들이 진정으로 믿고 간절히 생각하고 있었다면 돈 몇 푼 준다고 자리를 양보하지는 않았을 테죠. 그리고 피에치노도 사람들을 회피하려 하지 않았을 것입니다. 그래도 피에치노는 집으로 돌아가 사람들에게 사과파이를 만들어 줄 재료들을 주문해두고 다음날 가게 문을 열죠. 투덜거리지만 사실은 마음씨 착한 아이. 그게 피에치노입니다.

사실 어른인 피에치노는 욕도 잘하고 사람들과 어울리지도 못합니다. 하지만 옆집에 쌓여 있는 신문을 치워주는 행동으로 그가 변하지 않았다는 사실을 알 수 있죠. 그가 어렸을 적 빌었던 '아자리아가 세계를 정복하게 해 달라' 는 소원이 이루어져 아자리아의 소설을 읽은 사람들이 피에치노의 빵가게에 찾아갑니다. 그 일로 인해 피에치노는 잃어버렸던 열정을 되찾고 사람들과의 관계도 좋아지게 됩니다.

이 모든 일들은 피마자가 자신의 아들이 걱정되어서 벌인 일. 하지만 스스로 이룬 일이 아니기 때문에 피에치노는 마을사람들에게 완전히 마음을 열지 못합니다. 마을사람들 또한 그에게 순수한 의도로 접근한 것이 아님을 그의 집에 찾아와서 하는 말을 통해 알 수 있죠. 그런데 여러분이 리넘에 대해서 불만을 가질지도 모르겠습니다. 왜 그를 줄 서 있는 사람들의 대표로 나타냈느냐고, '그건 정형화가 아니야' 라고. 하지만 전 리넘 즉, 부자의 눈을 통해서 내용을 진행함으로써 세상의 불공평함을 나타내고 싶었습니다.

부자인 리넘은 세상 일 모두가 돈으로 쉽게 해결될

거라 생각합니다. 소설에서 그는 다른 이들이 온몸
에 멍이 들고 피가 날 때까지 노력해서 얻는 것을 손
쉽게 얻습니다. 실제로 부자들의 사치품으로 1985년
런던의 크리스티스 경매장에서 팔린 1억 5천짜리 와
인인 1787년산 '보르도 사또 라피떼'가 있습니다.
또한 해외의 한 미끼전문 사이트에서 제작한 물고기
용 미끼는 100캐럿 크기의 다이아몬드와 루비
4,753개로 구성된 약 10억 원의 가격이며, 카르마에
서 제작한 그랜드 이니그마는 가격이 10억 원인 스
피커입니다. 1994년 뉴욕 크리스티 경매에서는 15세
기 '청화백자 보상화당 초문접시'가 약 37억 원에
낙찰되었고, 1996년에는 경기도 광주시 분원리 관요
에서 제작한 17세기 작품 '백자 철화용문 항아리'가
크리스티 경매에서 약 101억 원에 낙찰되는 등 부자
들의 경제관은 우리가 상상도 못할 액수를 바탕으로
세워져 있죠.

그래서 홍콩 최고의 부자 리넘은 파이의 가격을 우
리나라 돈 천오백만 원으로 착각하지만 그것이 왜 그
렇게 비싼지에 대해서 의문을 갖지 않습니다. 너무 절
박해서 그런 게 아니냐고요? 어느 정도 맞는 말이기

는 하지만 그는 애초에 파이 값으로 우리나라 돈으로 백억 원을 가져왔고, 백억 원에서 천오백만 원은 아주 일부였죠. 사랑하는 딸의 목숨을 구하는 돈 치고는 저렴한 가격 아닌가요. 제가 앞서 말한 예가 소수의 부자에게만 해당된다는 생각이 드나요? 흔한 예로 들자면 우리나라 부자들이 흔히 타는 BMW 750Li는 130,900,000원, Benz S550은 148,200,000원, Audi A8 4.2Q LWB는 127,000,000원, Lexus LS406L은 120,300,000원······ 집값인 차를 몰고 다니는 그들. 설마 차만 가지고 있겠습니까. 집, 자녀 학비, 여행비, 옷값, 식비, 기타 등등 많은 소비를 하겠죠. 너무도 차이나는 경제력. 열 받지 않나요? 그것이 제가 리넘을 대표로 나타낸 이유입니다. 가난한 자들이 나와 '힘들다, 가난하다' 백번 말하는 것보다 부자를 등장시켜 대비시키는 것이 세상의 불공평함과 빈부의 차이를 더욱 마음에 와 닿게 할 거라 생각했거든요.

어릴 때부터 꿈꿔왔던 희망을 다른 이에게 팔고 싶지 않아서 사과파이의 값으로 백만 원을 부른 피에치노. 그런데 그의 꿈을 부자가 짓밟았네요.

제가 집중적으로 나타내고 싶었던 것은 다름 아닌 인어 이야기를 통해서 나타냈습니다. 인간의 끊임없는 욕심 때문에 자연이 파괴되고 자원은 사라지죠. 더욱이 그들에게 최대의 악재는 더 이상 자연으로부터 무언가를 얻을 기회가 사라졌다는 겁니다. 그리고 그들은 아이들의 사랑을 잃었습니다. 아이들은 부모의 관심으로부터 멀어져 지혜가 아닌 지식을 배움으로써 무기력한 존재로 전락해버립니다. 잠깐의 물질적 풍요를 위해 수많은 것들을 잃고 마는 어리석은 인간의 모습. 지금 우리의 모습과 닮아 있지 않나요?

그렇다고 절망하지는 말자고요. 우리의 가능성을 저는 양 이야기를 통해 나타냈습니다. 이미 무슨 내용인지 짐작하시겠지만 남쪽에 있는 경복궁, 왕이 있는 궁궐 앞에서 백성들이 만든 황금빛 물결을 보고 쓴 이야기입니다. 그런데 이 이야기의 결말이 해피엔딩일까요? 과연 피에치노는 곰탕을 먹고도 십년 뒤에 살아 있을까요? 여러분도 눈치 채셨겠지만 저는 사람들에게 희망과 감동, 생각할 수 있는 기회를 주고자 하는 한편, 세상을 바꾸어갈 마음을 심어주고자 이 글을 썼습니다. 우리 집 앞마당에 핀 무궁화 꽃을 한 마리의 쥐가 떨어뜨리고 있는 모습을 도저히 집주인의 한 명으로서 지켜볼 수 없더군요. 무궁화는 수차례 피고 지기를 반복하니, 우리 집 마당의 무궁화도 다시금 활짝 필 수 있겠죠?

PS. 닭둘기는 오타가 아니라, 너무 뚱뚱해져서 닭처럼 날지 못하는 비둘기를 비아냥거리는 말입니다. 마치 황금만능주의에 찌들어 있는 현대인들의 모습과 닮아 있지 않나요. 우리도 닭둘기처럼 더 이상 하늘을 날지 못하니까 말이에요.

최아름

CONTENTS

거짓말쟁이들의 만남

피에치노는 혼혈아다. 그렇다고 한국인과 전혀 다르게 생기지는 않았다. 다만 보통 아이들보다 피부색이 조금 검은 것만 빼면 여느 아이들과 다를 것 없이 평범한 아이일 뿐이다. 특별한 점이 있다면 피에치노에겐 아빠가 없다는 것이다.

하루는 피에치노가 치과에 가기 위해 버스를 탔다. 엄마 손을 잡고 버스를 타니 그 안에는 운전기사만 있을 뿐, 다른 승객들은 보이지 않았다. 엄마는 피에치노를 데리고 버스 맨 뒷자리 긴 의자에 앉자마자 차창에 기대어 잠을 잤다. 조그만 모자 공장에서 일하는 엄마는 매일 바쁘시다. 엄마를 만날 수 있는 곳은 공장밖에 없다. 피에치노는 매일 유치원이 끝나고 엄마를 찾아가지만 엄마는 피에치노가 공장으로 찾아오는 것을 싫어한다. 실밥들이며 분진물들이 많이 날려서 건강이 나빠진다는 이유 때문이다. 하지만 피에치노는 이해할 수 없었다. 잠깐 들를 뿐인 자신에게는 건강이 나빠진다면서 오지 못하게 하는데, 엄마는 매일 아침 일찍부터 밤늦게까지 그곳에서 일하면서 괜찮다는 걸까?

엄마와 오랜만에 외출을 했다. 피에치노가 이가 아프다고 말했기 때문이다. 사실 이가 흔들리긴 해도 아프지는 않았다. 하지만 아프다고 말하면 엄마를 만날 수 있을 것 같아서 거짓말을 해버렸다. 처음에는 오랜만에 엄마의 얼굴을 볼 수 있어 좋았지만 결국에는 일이 커져버려 이렇게 치과에 가게 된 것이다.

치과는 윙윙거리는, 작지만 위험한 전기톱과 드릴이 즐비한 곳으로, 어쩌면 의사선생님이 이가 안 아프다는 거짓말을 알아채고, 이를 몽땅 뽑아버릴지도 모른다. 어째서 이런 끔찍한 엄청난 일이 벌어졌을까. 그저 엄마 얼굴이나 보려고 한 작은 거짓말인데……. 왜 하필 이가 아프다는 거짓말을 한 거지? 차라리 다른 거짓말을 할 걸. 아니야, 이가 흔들리니깐 이건 거짓말이 아니야. 하지만 이가 안 아픈 걸.

피에치노는 시간이 갈수록 초조해졌다. 정류장에

도착할 즈음이면 안내방송이 들려왔다. 다음 정류장은 행복치과였다. 슬쩍 엄마가 자고 있는지 곁눈질로 확인하니 다행히 엄마는 깊이 잠이 든 것 같았다.

그 순간 다시 안내방송이 흘러나왔다.

"이번 정류장은 행복치과, 행복치과입니다. 다음 정류장은……."

맙소사! 심장이 덜커덩 내려앉아 숨을 쉴 수 없었다. 다행히 엄마는 여전히 잠들어 있었지만 손바닥에서 자꾸 땀이 나 슬그머니 손을 빼서 바지에 땀을 닦았다. 갑자기 눈앞이 어두컴컴해지고 등줄기가 시원해지다 못해 따끔거렸다. 심장이 너무 빨리 뛰어 엄마가 듣고 깰까 두려워 가슴에 손을 얹고 소리를 막았다.

신이시여, 제발 저 좀 도와주세요. 다시는 거짓말 하지 않을게요. 하나님, 부처님, 예수님, 알라신님, 기타 등등 신님들. 피에치노는 평소에 신을 믿지 않았지만, 독실한 신자처럼 간절히 기도했다. 하지만 아무 일도 일어나지 않았다. 어차피 들키게 될 거, 자신이 먼저 말하면 엄마가 화를 덜 낼지도 모른다는 생각이 들었다.

엄마를 깨우려고 손을 들었을 때, 버스에 하얀 낙타가 올라탔다. 아직 나이가 어린 피에치노는 한 번도 동물원에 가본 적이 없었다. 텔레비전에서만 보던 동물을 실제로 보게 되니 신기해서 멍하니 낙타를 바라보았다. 하얀 낙타는 싱긋 웃으며 다가오더니, 어느새 코앞까지 다가와 눈높이를 맞추고 말했다.

"나의 너무도 잘 생기고 완벽한 모습에 넋을 잃다니, 흠. 마음에 들어, 우하하하."

"낙타가 말을 하다니."

"허허, 낙타가 말을 못할 거라는 편견은 버려. 그리고 난 낙타가 아니야, 백마야."

"백마가 아니라 낙타잖아. 순 거짓말쟁이 같으니라고."

"허허, 고놈 참 말귀를 못 알아듣네. 이 섹시하게 잘빠진 몸매를 봐라. 이게 어찌 낙타의 몸매냐."

"거짓말하지 마, 넌 낙타잖아. 등에 혹이 있잖아."

"아니야. 난 말이야, 백조와 같이 길고 우아한 목과 다리를 가지고, 자라는 안장이 있는 말이야."

듣고 보니 논리적이며 타당성이 있는 말이었다. 하긴 TV에서 본 낙타는 다 캐러멜 색이었다. 그럼 정

말 백마인가? 눈앞에 있는 존재가 무엇인지 고민하
고 있자, 백마라고 우기는 존재가 말했다.

"내 이름은 히르핀이야."

히르핀이 일어나자 버스 문이 열렸다.

"빨리 내리자."

갑작스런 히르핀의 재촉에 피에치노는 아무 생각
도 없이 허겁지겁 버스에서 내렸다. 자신의 작은 발
이 모래 속에 푹 빠진 줄도 모르고 걸으려다 뜨거운
모래에 얼굴을 파묻혔다. 얼른 일어나 다시 버스에
타려 했지만, 더 이상 버스는 보이지 않았다.

그렇게 피에치노는 사막에 백마라고 우기는 낙타
와 단둘이 남게 되었다.

Piacchino

삶이 그대를 속일지라도…… 희망이 있을까?

하늘의 태양이 무시무시하게 지상의 모든 것을 태워버릴 기세로 햇빛을 내뿜었다. 끝없이 펼쳐진 황금빛 바다와 공중에 떠다니는 모래들은 은가루를 뿌려놓은 듯 신비한 분위기를 자아냈다. 사막 한가운데에는 낙타 위에 엎드려 팔과 다리를 대롱거리며 투덜거리는 피에치노가 있었다.

"힘들고, 덥고, 땀나서 끈적거리고, 목마르다고."

"알아, 힘든 거. 조금만 참아봐."

"참으면 뭐가 좋아지는데?"

"사막이 아름다운 이유를 아니?"

"갑자기 무슨 뚱딴지같은 소리야! 이따위 사막 아름답지 않아!"

"아니, 넌 알게 될 거야. 이곳이 얼마나 아름다운 곳인지."

"그래서 정답이 뭐야?"

"정답이라니…… 정말 바보 같은 질문이구나."

"겨우 내가 그따위 질문의 정답을 모른다고 바보라는 거야!"

히르핀의 말이 자존심을 건드렸다. 아니 날씨 때문에 예민해진 것일지도.

"그런 말이 아니라고. 하— 넌 내가 생각했던 것보다 구제불능이야."

히르핀은 한숨을 내쉬며 등에서 내리라고 했다.

"이씨!"

한참을 모래 위에서 아무 말 없이 걸었다. 땀이 옷을 무겁게 만들어 온몸을 짓눌렀고, 작은 발은 모래에 파묻혀 잘 빠지지 않았다. 도움을 청하고, 말하고 싶었지만 무심하게 뒤도 안 돌아보는 히르핀의 야속함에 이를 악물고 빠르게 쫓아갔다. 짧지만 긴 침묵의 시간이 흘렀다. 투정 부림이 부끄러웠지만, 미안하다는 말이 울컥울컥 튀어나오려 했지만, 애써 참았다.

"미안."

작은 소리로 미안하단 말을 했다. 못 들은 건가?

그때 히르핀이 말했다.

"지구라트에 가는 거야."

"응?"

'갑자기 무슨 말이지?'

"넌 지구라트에 가야 돼. 그곳은 하늘의 신과 땅의 신이 만나는 곳이지."

"그곳에 가면 뭐가 좋아?"

"소원을 이룰 수 있어."

"난 소원 없는데, 그냥 집에 가면 안 돼?"

"지구라트에 도착하지 못하면 집으로 갈 수 없어. 가기 싫으면 평생 여기서 살든가."

갑자기 다리에 힘이 풀려버린 피에치노는 주저앉아 울어버렸다. 하지만 히르핀은 달래지 않았다. 그저 말없이 우는 것을 지켜보기만 했다.

'달래주길 바랬는데…… 못됐다.'

한참을 울고 나서 주위를 살펴보니 히르핀이 보이지 않았다. 어어! 어디 갔지? 버림받은 것인가? 여기서 계속 누워있으면 난 죽을 거야. 날 기억해주는 사람들이 있을까? 하긴 7년이나 살았으면 많이 살았다. 난 나눗셈까지 알고 있는 똑똑한 아이야. 여기서

'살려줘 히르핀!' 하는 것은 똑똑한 아이가 할 짓이
아니야. 그렇지 암, 그렇고 말고……

하지만 결국 피에치노는 두려움에 히르핀을 목 놓
아 부를 수밖에 없었다.

"살려줘, 히르핀—"

목이 터져라 부르고 있자, 무슨 초록색의 커다란
것을 입에 물고 있는 히르핀이 보였다. 히르핀은 입
에 물고 있는 것을 피에치노에게 주며 말했다.

"마셔."

"어떻게?"

히르핀이 선인장을 크게 한입 베어 물어 뱉은 다음
피에치노에게 마시라는 시늉을 했다. 허겁지겁 선인
장 액을 마시고 나니, 입 안에 감도는 텁텁함과 쓴맛
에 혓바닥이 껄끄러웠다.

"다 마셨으면 가자."

목마름이 가시자, 그제야 히르핀의 빨갛게 부어오
르고 가시와 흙먼지가 묻어 있는 콧등이 보였다.

"코 아파?"

"아니 괜찮아."

"멍청하게 왜 콧등으로 가시를 빼낸 거야."

"발로 빼내면 네가 마시지 못했을 테니까."

피에치노는 히르핀의 그 말에 울컥 감정에 복받쳐 눈물이 나왔다.

"히르핀, 짜증만 내고 내 생각만 해서 미안."

"아니, 괜찮아."

괜히 그들 사이에 침묵이 생겼다.

"밤이 되기 전에 빨리 가자."

"어디? 지구라트?"

"지금은 아니야, 동굴에 도착해야 해."

사막에 웬 동굴? 어떻게 사막에 동굴이 있지? 궁금한 게 많았지만 질문을 하기에는 너무도 피곤하고 졸렸다. 피에치노는 히르핀 등에 올라타 잠을 잤다.

꿈속인 듯했다.

눈앞에 펼쳐진 넓은 바다가 보였다. 바다는 초록색 유리병 속의 사이다가 햇빛에 반짝거리는 모습 같았다. 너무 맑아서 바닷물 속의 모래와 물고기까지 보였다. 모래사장은 금가루를 뿌려놓은 것처럼 보드랍고 향기로웠다. 어디선가 불어오는 바람을 따라 연보랏빛 꽃잎과 달콤한 꽃 냄새가 났다. 바람결을 따라 머리카락이 볼을 간질이고 있을 때, 누군가 다가오는 것이 보였다. 그는 바닷가에 작은 나룻배를 타고 바다의 한가운데로 갔다. 그리고 혼잣말을 하기 시작했다.

"인어님, 제가 왔어요."

누군가를 부르는 말이었나 보다. 그가 말하자마자, 마치 기다렸다는 듯이 바다 속에서 누군가가 올라왔다. 초록색의 가늘고 긴 머리카락과 창백한 듯 보이는 푸른빛 피부, 호박색의 아몬드형의 눈매는 부드럽게 휘어지며 웃었다. 깊은 바다 속의 눅눅함이 아닌 태양의 따사로움을 닮은 웃음이었다. 그들은 행복해보였다.

모래폭풍이 몰아치고 발밑에 아름다운 모래들이 사라졌다. 조개껍질도 안 보이는 바다. 수염과 얼굴에 생긴 주름진, 조금은 늙은 듯한 모습의 그가 보였다. 하지만 배에는 그만 있는 게 아니었다. 그의 젊은 시절을 닮은 그의 아들도 함께하고 있었다.

"인어님, 인어님."

초록색 머리카락의 인어는 한참이나 시간이 흐른

뒤에 바다에서 나왔다. 짜증나고 화가 난다는 표정.
그들은 싸운 것일까?

"왜 부르지?"

"인어님 드시라고 이번 추수 때 딴 과일들을 가져
왔습니다. 달고 맛있어요."

과일을 내민 손에는 주름이 가득했다.

"됐어."

인어는 과일을 바다로 던져버리며 말했다.

하지만 그는 아무렇지 않은 표정으로 웃으며 작별
인사를 했다.

"건강히 행복하게 그리고⋯⋯"

그의 옆에 있는 아들은 그런 아버지를 짜증이 난
다는 듯이 바라보았다. 어쩌면 그의 아들은 인어에
게 자신의 아버지를 빼앗겼다고 느꼈는지도 모른
다. 아들의 표독스러운 눈망울에 인어는 바다로 숨
어버렸다.

다시금 불어오는 모래바람. 그리고 보이는 것은 커
다란 배들로 빈틈없이 채워진 바다였다. 그의 모습
을 닮은 그의 아들은 청년이 되어 있었고, 더 이상
그의 모습은 보이지 않았다.

“인어님, 제가 왔어요.”

아들의 목소리에 인어는 웃으며 바다에서 나왔다. 인어의 심장을 향해 던져진 창은 피로 바다를 붉게 물들였다. 아들이 창을 집어 올리자 인어가 창끝에 매달려 숨을 거칠게 쉬며 말했다.

“왜?”

아들은 인어의 물음에 대답하지 않은 채, 사람들을 둘러보며 말했다.

“여러분, 그거 아시나요? 인어를 먹으면 불로불사 한다는 걸.”

아들의 말에 사람들은 벌떼처럼 몰려들어 아직 살아있는 인어를 이로 물어뜯어 먹었다. 인어의 비명소리를 들은 다른 인어들이 바다 위로 올라왔고, 사람들은 그물을 던져 무자비하게 인어들을 배 위로 끌어올렸다. 인간들은 눈이 새빨개져서 인어들의 머리를 잘라 배 위에서 발로 차고 놀며 환호성을 질렀다.

“우린 이제 신이다!”

어디선가 히르핀의 목소리가 들려 주위를 둘러봤

다. 여기가 어디지?

"일어나. 다 도착했어."

아, 그렇지! 난 히르핀 등에 있었지. 그럼 이건 꿈? 꿈이구나. 다행이라는 생각과 함께 꿈이라는 것을 인식하자 눈이 떠졌다.

"자면서 울더라, 무슨 꿈꿨어?"

"이상한 꿈……. 그런데 여기가 동굴이야?"

"응."

"왜 여기에 온 거야?"

"사막에서 밤을 보내면 동상으로 죽을까봐."

"참 현실적이다. 뭐 '사실 보물을 찾으러 왔어' 라 든지 그런 거 없어?"

"참나, 왜 성배라도 찾자고?"

"와, 정말?"

"말을 못해요, 말을."

동굴 안에는 이상하게 마른 나뭇가지가 존재했다. 수상하다……. 뭐 아무튼 쉽게 불을 붙일 수 있어 좋 기야 했다. 모닥불 앞에서 몸을 녹이는데, 어디선가 노랫소리가 들려왔다.

아이야—
아이야—
왜 혼자 우니

그거야
아무도
놀아주지 않아서—

아이야—
아이야—
왜 슬퍼하니

그거야
아무도
사랑해주지 않아서—

아이야—
아이야—
왜 혼자 있니

그거야
사랑받고파
외톨이 되었지

신비하고 아름다운 노래였지만 그뿐이었다. 그 노랫소리를 따라가기에는 너무 피곤하고 지쳐있었다. 그리고 잠에서 깨어난 지 얼마 지나지 않아서 졸리기까지 했다. 다시 잠을 자려할 때, 히르핀이 말했다.

"누가 부르는지 궁금하지?"

"알아서 뭐하게? 피곤해, 잠이나 잘래."

"찾아가자."

"싫어, 궁금하면 혼자 갔다 오든지."

"야, 빨리 따라와!"

구시렁거리며 동굴 안으로 들어가 보니, 그곳에는 조그만 호수가 있었다. 아니 호수라기보다는 커다란 웅덩이 같았다. 노래는 계속 이어졌지만 웅덩이 주위에는 아무도 없었다. 피에치노는 쉬기 위해 회색빛깔의 우둘투둘한 돌 위에 앉았다. 노랫소리가 멈추고 비명이 들렸다.

"아야! 야! 이 바보야! 어딜 앉은 거야?"

회색돌이 말을 했다. 이럴 수가! 돌이 말을 하다니.

"멍청아, 말귀도 못 알아들어. 어서 내려오라고."

얼른 돌 위에서 내려와 자세히 살펴보았다. 맙소사! 돌이 움직이더니 이상한 생명체가 되었다. 그 이상한 존재의 머리카락은 초록색 미역줄기처럼 굵직하며 부스스해서 손으로 잡으면 부서질 것 같았다. 귀가 없는 얼굴과 너무 커다란 눈은 괴기스러워 보였다. 피부 또한 회색빛이 도는 푸른곰팡이가 핀 식빵 색이었다. 거칠게 일어난 비늘들은 그 생명체가 움직일 때마다 떨어져 나갔다. 공룡이라고 하기에는 너무 작고, 도깨비라기에는 요술방망이가 없었다.

"어라, 인어네. 멸종한 줄 알았는데 용케 살아있군."

"말도 안 돼. 거짓말하지 마."

히르핀이 째려보며, 앞발로 피에치노를 툭툭 건드렸다.

"왜 그래, 하지 마."

"역시 아이들은 솔직하다니깐. 혹시 인어공주 이야기를 아니?"

갑자기 인어공주는 무슨, 뚱딴지같게.

"알아."

"내가 재미있는 이야기 해줄게, 들어줄래?"

"싫어. 별로 듣고 싶지 않아. 그리고 난 바쁜 사람이라고. 나한테 선물을 준다면 들어줄게."

"하하하, 그래 맞는 말이다. 그럼 나의 이야기를 들어주면 지구라트에 가는 길을 알려줄게."

"정말?"

"그래, 정말이야. 설마 내가 거짓말하겠니. 그리고 어느 쪽을 선택하더라도 네가 손해 볼 것은 없잖아."

"그래, 애기해봐."

"옛날 아주 먼 옛날, 이 사막이 바다였을 때 이야기야. 그곳의 바다는 무척이나 아름다워 사람들은 '아마릴리스(눈부신 아름다움, 침묵, 겁쟁이, 허영심)' 라 불렀지. 부드러운 황금빛 양탄자의 모래들과 알록달록 예쁜 무지갯빛 조개들, 달콤한 생크림 같은 파도. 이런 아름다움이 있는 그 바다를……. 하늘이 들어 있는 바다를 사람들은 사랑했단다. 그리고 바닷가에는 '아마릴리스' 라는 작은 마을이 하나 있었어. 마을 사람들은 모두가 행복했어. 그들은 특별히 열심히 일을 하지 않아도 바다가 모든 것을 그들에게 주었거든."

"바다가 주다니? 무슨 뜻이야?"

"마을사람들이 바다에서 조개껍데기를 주워서 팔

아 돈을 벌었거든. 아이들은 길목을 뛰어다니며 해가 질 때까지 놀았고, 저녁에는 항상 노래를 부르고 춤을 추며 축제를 벌였지. 그러던 중 마을에 다른 마을사람들이 놀러 와서 한 가지 제안을 했어."

"뭐라고 말했는데?"

"조개와 함께 바다의 아름다운 모래를 팔면 그들이 더욱 부자가 되고 행복할거라고."

"그래서 마을사람들이 모래도 팔았어?"

"처음에는 모두 지금의 상태에 만족한다며 그 제안을 거절했어. 하지만 마을을 더욱 크고 번화하게 만들고 싶었던 촌장은 다른 마을에 모래를 조금씩 갖다 팔았고, 나중에는 마을사람 모두가 조개껍질과 모래를 팔았어."

"마을사람들이 모두 부자가 되었겠네? 그들은 모두 행복했어?"

"그래, 초기에는. 하지만 시간이 지날수록 사람들은 서로의 재산을 비교하며 다른 이들보다 자신이 더 돈이 많길 원했고, 믿고 의지하던 관계는 사라지고 서로가 서로를 견제하느라 마음의 문을 닫았어. 마을에 홀로 남겨진 아이들은 부모들로부터 버림을

받았다고 생각하며 부모와의 관계를 멀리했고, 어른
들의 가르침을 받지 못한 아이들은 놀기밖에 못하는
무능한 존재로 전락해버렸어."

"너무 어리석다."

"그래, 그런데 그 어리석음은 끝났지 않았어. 공급
이 많아지면 가격이 떨어지니, 마을사람들은 그전에
벌었던 만큼 벌기 위해 이전에 일했던 양의 배로 일
해야 했어. 그래서 그만두고 싶어도 그만둘 수 없었
지. 어느새 그 작은 마을은 큰 마을이 되었고, 그들은
이전의 행복한 삶을 잃어버리고 목적도 없이 일을 하
며 돈을 벌었지. 그것도 잠시, 원래 자원이라는 게 무
한하지 않잖아. 조개껍질과 모래가 사라지자 마을사
람들은 불안에 떨었지. 그러자 촌장의 아들이 바다로
인어를 만나러 가겠다고 했지."

"왜 인어를 만나러 가야 했는데?"

"그때까지는 아직 사람들이 인어들이 무서워 바다
에서 물고기를 많이 잡거나 바다 속의 자원을 건드
리지 못했거든. 그럴 기술도 없었고."

"그래서 촌장의 아들이 인어를 만났어?"

34

"그래, 인어들의 공주를 만났지."

"인어공주?"

"응, 인어공주는 처음 보는 부드럽고 따뜻한 피부를 가진 촌장의 아들을 사랑하게 되었고, 그는 자신의 목적을 숨기고 그녀를 만났지. 그녀는 정말로 그를 너무도 사랑했단다. 그를 위해서라면 뭐든지 줄 수 있었지."

"그래서 모든 것을 다 주었어?"

"어리석게도……. 바다의 물고기는 곧 씨가 마르고, 화려하고 아름다웠던 산호들이 사라졌어. 바다 위에는 수많은 배들이 하늘을 가렸지. 더 이상 바다에서 하늘을 볼 수 없게 되었어. 인어들은 항상 배고픔에 허덕였지만, 인간들은 그물로 물고기를 수백 마리씩 잡아들였지. 수많은 비난과 질책이 인어공주에게 가해졌지만, 그녀는 그를 믿었고 자신을 영원히 사랑한다는 맹세를 믿었지. 하지만 그가 오는 횟수가 점점 줄어들었고, 어느 순간에 이르러서는 물고기를 잡을 때만 찾아와 지상의 과일을 주며 많이 잡게 해달라는 부탁을 했지. 그녀가 이상하다는 것을 느낀 것은, 어느새 그의 옆에 보이는 그를 닮은 한 아이였지."

"그의 아들이었어?"

"응."

"그럼 인어공주는 촌장 아들에게 화가 났겠구나."

"결국 그녀는 자신이 인어인 것을 자책하며 인간이 되기 위해 지구라트를 찾아 여행을 떠나."

"그래서, 지구라트에 도착해?"

"응."

"그럼 인간이 되었겠네?"

"아니."

"왜?"

"그가 그녀를 진정으로 사랑해서 자신의 추한 모습을 보여주지 못했다는 것을 알았거든."

"그게 무슨 말이야?"

"그가 한동안 안 왔던 것은 자신이 늙어가는 모습을 보여주기 싫어서였어. 죽기 전 그가 한 번 용기를 내서 만나러 왔을 때, 그가 가져온 과일을 바다로 던져버린 것, 그의 마지막을 다정하게 못 맞이한 것, 그게 너무 후회되고 슬퍼. 내 자신을 용서할 수 없어. 왜 난 인어로 태어났고, 그는 인간이었을까. 신이 너무 원망스러워, 왜 난 땅의 신이 아니지……."

땅의 신이 아니라니 무슨 소리일까?

"너무 자책하지 마. 지구라트에서 소원을 빌어 살려달라면 되잖아?"

"안 돼. 이미 그의 시신은 흙으로 돌아갔거든."

"뭐야, 지구라트에 갔는데 왜 행복하지 않아. 왜 소원이 이뤄지지 않아."

슬펐다. 오늘 처음 만난 사이지만, 안타깝고 보살펴주고 싶었다. 무언가 해줄 수 있을 게 없을까. 도와줄 수 있다면 좋을 텐데.

"내가 뭐 도와줄 수 있는 거 없을까?"

인어는 울면서 말했다.

"고마워, 나의 지루한 이야기를 들어줘서. 저기 보이는 호수 안에 들어가면 터널이 하나 있는데 그곳을 통과하면 네가 가야할 곳을 알 수 있을 거야."

"잘 있어."

"응, 잘 가."

슬퍼 보이는 인어의 눈 때문에 발길이 떨어지지 않던 피에치노는 한 가지 의문점이 생겼다. 어떻게 그녀가 살아있는 것일까? 왠지 모를 오싹함이 온몸을 휘감았다.

원래 시작은 두려운 법이다.
그러면 세상을 한발자국 뒤로 물러나 바라보자

피에치노는 터널을 빠져나와 본 광경에 어리둥절하며 주위를 둘러보았다. 검은색으로 포장된 도로나 하늘이 보이지도 않게 높이 솟은 회색빛 건물들. 골목이라 사람들이 보이지 않았지만 도시인 것은 확실히 알 수 있었다. 어떻게 사막에 있는 터널을 하나 통과했다고 도시에 도착할 수 있었을까. 연속적으로 일어나는 말도 안 되는 상황에 혹시 꿈을 꾸고 있나 뺨을 꼬집어보았다.

"아야!"

"하하하."

피에치노는 빨갛게 부어오른 볼을 문지르며, 갑자기 미친 듯이 웃고 있는 히르핀을 쳐다보았다.

"볼 꼬집는 게 무슨 웃긴 일이라고 웃어, 사람 무

안하게."

"아니, 그것 때문에 웃은 게 아니야."

"그럼 왜 웃어?"

"……배고파서."

하긴 배가 고프긴 고팠다. 배에서 자꾸 꼬르륵거리는 소리는 물론이요, 목젖을 타고 넘어오는 시큼털털한 위액조차 달고 맛있게 느껴졌다. 왜 이런 고생을 해야 하는지도 모르겠다. 진짜로 있는지 없는지조차도 모르는 지구라트를 어떻게 찾을지도 고민되었다. 왜 신은 나에게만 이런 고난과 역경을 주었을까. 이런저런 고민을 하고 있자 히르핀이 갑자기 이상한 노래를 부르기 시작했다.

"냠냠 맛있는 볶음밥을 먹어요, 냠냠 맛있는 탕수육을 먹어요, 냠냠 맛있는 자장면을 먹어요, 냠냠……."

"그게 무슨 노래야?"

"배고파서 먹고 싶은 걸 말하고 있지."

"차— 바보. 그런다고 먹을게 나와?"

하지만 피에치노는 어느새 먹고 싶은 것들을 나열하며 히르핀과 노래를 부르고 있었다. 뭐 노래를 부르는 일이 나쁜 일은 아니지 않은가. 한참을 노래를

부르며 먹을 것을 찾다가 자신의 처량함에 울음이
나왔다. 집으로 돌아가고 싶었다. 차라리 그때 엄마
에게 거짓말이었다고 말할 걸. 아니 거짓말 따위는
하지 말 걸. 한 번이라도 엄마에게 사랑한다고 말이
라도 할 걸. 이러다 집으로 돌아가지 못하면 어떡하
지. 집으로 돌아가기 위해서라도 지구라트를 꼭 찾
아야만 했다. 그런데 정말 지구라트에 간다고 나의
소원이 이뤄지고 집으로 돌아갈 수 있을까? 행복해
질 수 있을까?

"피에치노."

"응?"

"우선 먹을 것부터 찾으러 가자."

히르핀의 등에 타고 피에치노는 골목을 빠져나왔
다. 골목을 빠져나오자 길거리를 걷던 사람들이 그
들을 쳐다보았다. 어떤 사람은 비명을 지르며 도망
가고, 어떤 사람은 핸드폰으로 사진을 찍는 등 사람
들은 가지각색으로 다양하게 반응했다. 하지만 너무
배고픈 그들의 신경은 오직 가까이에 있던 빵가게에
쏠렸다. 피에치노는 빵가게로 달려가 가게 주인에게
말을 걸었다.

"아저씨, 너무 배고파서 그러는데 빵 하나만 주시면 안 돼요?"

"꼬마야, 돈은 있니?"

주머니를 뒤져보니 어버이날 선물로 만든 구겨진 안마 권이 있었다.

"이거……."

"그래."

아저씨는 웃으면서 안마 권을 받아들고선 빵을 하나씩 주었다. 그러고선 가게 안쪽에 있는 빵 만드는 곳으로 들어가 전화 통화를 했다. 어디에 하는 거지? 뭐 어디로 하든 상관없는 거지만.

"와— 빵이다!"

히르핀이 들떠서 말했다. 피에치노도 '이럴 줄 알았으면 안마 권을 많이 만들 걸' 하고 후회하면서 빵을 먹었다. 그런데 갑자기 가게 안으로 초록색 옷을 입은 사람들이 그들을 둘러쌌다. 초록색의 옷을 입은 사람들은 커다란 그물과 밧줄, 마취 총을 들고 있었다. 피에치노는 너무 무서워 히르핀의 품에 숨었지만 그들은 신경도 안 쓴다는 듯이 히르핀을 향해 마취 총을 쏘았다. 피에치노의 볼을 스쳐지나가며 마취약

이 히르핀에게 꽂혔다. 피에치노는 그저 무서워 아무 것도 못하고 바라만 보고 있었다. 그들은 히르핀의 다리를 묶고 커다란 쇠창살이 있는 차에 태우고 떠나 버렸다. 피에치노는 그런 그들을 보고 아무것도 할 수 없었다. 히르핀이 먹던 빵 조각은 곧 노란색 옷을 입은 사람들로 인해 짓밟혔다. 소란스러움에 아저씨 가 나왔다. 두 손에는 우유를 들고서…….

"꼬마야, 너는 왜 지금 이 시간에 학교에 안 갔니?"

"전 꼬마가 아니라 피에치노라고요."

"그래, 피에치노. 엄마 아빠는 어디 계시니?"

"없는데요."

엄마는 이 도시에 없었다.

"넌 몇 살인데?"

"여덟 살."

생일이 얼마 안 남았으니…….

"그래, 그러면 학교에 다닐 나이구나."

노란색 옷을 입은 자들이 갑자기 피에치노를 끌고 어딘가로 데려가려 했다. 피에치노가 아저씨에게 도 움을 청하자, 아저씨는 힐끗 쳐다보더니 고개를 돌 려버렸다.

"아저씨가 이상한 아저씨들을 불렀나요?"

"……"

배신감이 들었다.

"왜 그래요? 아저씨가 부른 거 아니죠?"

아무런 대답도 안 한 채 외면한 아저씨는 노란 옷을 입은 자들이 피에치노를 끌고 가게를 나가려고 하자 갑자기 다급히 그들을 멈춰 세웠다.

"잠깐만요, 빵을 산 거스름돈을 안 줬어요."

"그깟 잔돈이 얼마라고."

노란색 옷 입은 자들이 투덜거렸다. 아저씨는 피에치노의 손에 돌돌 말린 지폐를 쥐어주고, 바지주머니에 빵을 넣어주면서 말했다.

"네가 준 것이 너무 크고 값진 것이라 거스름돈이 모자라지만 받아주겠니?"

알았다고 대답해주고 싶었지만, 빵이 너무 목이 메어 말이 나오지 않았다. 그래 그건 그저 핑계일 뿐, 배신한 아저씨에 대한 원망이었다. 돈 몇 푼으로 죄책감을 씻고 싶었나보다.

"대를 위해서는 소를 희생할 줄도 알아야 한단다."

가게에서 끌려 나오면서 피에치노는 아저씨가 하

Piacchino

43

는 말에 의문이 들었지만 그것은 곧 기억에서 사라졌다. 그 말이 무엇을 뜻하는지에 대해 생각하기에는 자신이 어디로 끌려 가는지에 대한 두려움이 너무 컸기 때문이다. 하지만 노란 옷을 입은 자들에게 끌려간 곳은 생각했던 것보다 무서운 곳이 아니었다. 그래도 그다지 좋은 장소는 아닌 것 같았다. 그들은 피에치노가 범죄자인 양 취조하듯이 물었다.

"이름?"

"피에치노요."

"나이."

"일곱 살이요."

"아까는 여덟 살이라며!"

"이제 곧 생일이니깐 여덟 살이라고요."

"부모님 어디 계셔."

"아빠는 천국에 계시고, 엄마는 버스 안에 있어요."

"편부모에 혼혈아라…… 집이 어디야?"

"전 지금 지구라트를 찾기 위해 여행 중이라, 찾기 전에는 못 돌아가요."

"가출까지."

"가출이 아니에요."

저들의 눈에는 나의 검은 피부색과 아빠가 없다는 사실만 보이는 것일까. 나의 생각이나, 감정은 중요하지 않고? 내가 왜 지구라트에 가야만 하는지는 알려고 하지도 않고?

"그래? 가출이 아니야? 그럼 엄마는 어디 있니?"

"엄마는 버스 안에 있어요."

"그래? 버스 운전기사구나."

"아니요, 치과에 가려고 버스에 탔는데 제가 버스에서 내리자 하늘로 날아가 버렸어요. 그리고 전 사막을 건너고 인어를 만나서 이곳에 오게 되었어요."

그들이 무서운 눈빛으로 쳐다보자 횡설수설 말하게 되었다. 피에치노의 말을 들은 그들은 자기네끼리 속닥거리더니 다시 말했다.

"거짓말하지 말고 사실대로 말해봐, 혼내지 않을게."

"정말이에요, 왜 제 말을 믿지 않으시는 건가요."

아무리 사실을 말해도 그들은 믿지 않았다. 두 시간 동안 똑같은 질문, 똑같은 대답이 오간 끝에 결국 지쳐버려서 거짓말을 했다.

"전 떠돌이 고아예요."

"그럼 낙타는?"

"동물원에서 빠져나왔나 보죠."

그들은 자신들이 원하는 답변을 듣자 마치 그럴 줄 알았다는 듯, 그것이 진실인 것처럼 의기양양해하며 말했다.

"그럼 양부모가 필요하겠구나."

"아니요, 별로 상관없는데."

그들은 한 편의 이야기를 만들어내기 시작하더니, 결국 피에치노는 빈민가의 술집 여자가 낳은 혼혈사생아가 되어 있었다. 그렇게 해서 보내진 곳은 학교였다. 산자락에 위치한 학교의 가로수를 따라 걸었다. 바닥에 떨어졌던 하얀 목련(숭고한 정신, 우애)꽃들이 사람들의 발길에 짓밟혀 갈색으로 변해 길이 어지럽혀져 있었다. 참 지저분하다고 생각하며 걸어가고 있는데 바람이 불어 활짝 핀 목련꽃들이 떨어져 내렸다.

어디선가 달콤한 향기가 나서 돌아보니 벤치에 앉아 있는 붉은 머리의 소녀가 보였다. 소녀의 옆에는 크로커스(당신을 기다리고 있습니다)가 있었다. 백합 같기도 하고 붓꽃 같기도 한 보라색의 꽃, 활모양의 가는 잎은 소녀의 청초함을 더해주었다. 자신의 시선을 느꼈는지, 소녀가 쳐다보았다. 소녀의 시선에 순간 현기증이 일어나고 숨이 막혔다. 가만히 소녀를 바라보고 있자, 노란 옷을 입은 자가 빨리 걸으라고 재촉을 했다. 할 수 없이 시선을 돌리고 건물 안으로 들어갔지만 미련이 남아 자꾸 뒤를 돌아보게 되었다.

어디를 갔는지 소녀는 더 이상 보이지 않았다. 하지만 이곳에 있다 보면 언젠가 또 만날 수 있겠지? 소녀에 대한 생각이 머리를 가득 채우고 있을 때, 눈앞에 펼쳐진 계단에 의해 정신이 멍해졌다. 좁고 그 끝이 보이지 않는 긴 계단의 연속이 나선모양으로 솟아 있었다. 설마 이걸 다 올라가라는 것은 아니겠지. 피에치노가 계단을 올라가지 않고 멀뚱히 쳐다보고 있자 노란 옷을 입은 자가 말했다.

"왜 안 올라가니?"

"이 계단을 다 올라가야 하나요?"

"당연하지."

"힘들지 않을까요?"

"그거야 너의 사정이고."

"아저씨는요?"

"난 엘리베이터를 타지."

"그럼 저는요?"

"넌 계단을 올라가야지."

"왜요?"

"넌 카라가 파란색이니까."

"그게 무슨 말이에요?"

"넌 최하위층, 난 공무원."

"제가 계단을 올라가다 중간에 도망가면 어떡하고요?"

"음— 그것도 그렇군. 그럼 같이 타자."

엘리베이터를 타자 사람들의 강렬한 시선이 느껴졌다. 어째서 한 번도 만나본 적도 없는 이들이 나를 노려보며 수군거릴까? 고작 피부가 조금 까만 게 무슨 잘못이라고 그러는 거야? 겉모습만 보고 마치 나의 모든 것을 안다는 듯이 행동하다니. 피에치노는 사람들을 이해할 수 없었다. 아니 이해하기 싫었다.

엘리베이터에서 내리고, 노란 옷을 입은 자는 1—D라고 적혀 있는 교실의 문 앞까지 자신을 데려다주고 갔다. 아니 이럴 거면 뭐 하러 힘들게 빵집에서 잡아다가 이곳으로 끌고 왔는지 원. 우선 들어가라는 뜻이겠지. 문을 열고 들어가자 따가운 시선이 느껴졌다. 선생님으로 보이는 사람이 다가와 말했다.

"이름?"

"네?"

"이름 뭐냐고!"

신경질적으로 소리를 질렀다. 뭐 때문에 화가 나 있는 것일까.

"피에치노."

"그래."

선생님은 커다란 초록색 판에 하얀 막대기로 이름을 적었다. 신기하다. 어떻게 글씨가 적히는 거지? 초록색 판에 손을 가져다 대니 이상한 감촉에 몸에 소름이 돋았다.

"빈자리에 앉아."

휴지통 앞자리가 비워 있었다. 냄새가 났지만 다른 자리가 없어서 할 수 없이 앉자 애들이 갑자기 미친 듯이 웃어댔다.

'피에미친놈'

누가 자신의 이름에 장난을 쳐 놓았는지 어느새 이름이 '피에미친놈'으로 되어 있었다. 옆에 앉은 아이가 말을 걸었다.

"안녕, 난 프리뮬러(희망, 번영)라고 해."

하얀 피부색의 머리카락 색이 하얀 아이였다. 가느다란 은실 같은 머리카락, 맑고 연한 붉은색 눈동자, 자신과 너무도 반대되는 모습이었다. 항상 사람들에게 사랑받고 자랐을 것 같은 아이. 너무도 짜증난다.

"……."

"너 말이 별로 없구나. 난 네가 마음에 들어. 우리 친구하자."

"싫어."

"왜?"

"네가 싫으니깐."

"내가 왜 싫은데?"

"……."

"넌 저들과 다르지 않아."

"뭐라고?"

"여기에 오는 동안 생각했지. 왜 사람들은 나의 겉모습만 보고 판단하는지, 왜 나의 본모습을 보지 않고 피부색을 보고 나에 대해서 편견을 가지냐고, 안 그래?"

그들과 똑같이 행동하게 된 피에치노에게 그들을
비난할 자격이 없었던 것이다.

"……내 이름은 피에치노라고 해."

"난 프리뮬러야."

"그런데, 성 중에 '프' 씨가 있나?"

"하하하하."

"너 외국인이었구나. 그런데, 왜 나랑 친구하고 싶
은 거야?"

"넌 내가 가지고 있지 않은 걸 가지고 있으니깐."

피에치노는 저 완벽해 보이는 아이에게 없는 무엇
을 자신이 가지고 있는지 알 수 없었다. 하지만 피에
치노와 프리뮬러는 친구가 되었고, 피에치노가 그
무언가를 알게 된 것은 한참 뒤의 일이었다.

세상에 공짜란 없고,
사람이란 자고로 먹은 만큼 일해야 한다

　피에치노는 수업시간에 잠이 들어서, 해질녘이 돼서야 깨어났다. 텅 빈 교실에서 오늘밤 어디서 보내야 할지 고민했다. 배는 계속 꼬르륵거려 바지 주머니에서 빵을 꺼내 먹었다. 실밥들이 붙어 있었지만 뭐 어떤가. 상태가 그다지 좋아보이지는 않지만 입으로 억지로 넣었다. 왠지 서러워지는 마음에 훌쩍거리고 있자 낮에 본 소녀가 보고 싶었다. 자신을 낳아준 엄마도, 힘들게 같이 사막을 넘어온 히르핀도 아닌, 이름도 모르는 소녀가 보고 싶다니…….

　멍하니 천장을 바라보고 있자 어디선가 '땅!' 하는 총성이 들렸다. 창밖을 내다보자 프리뮬러가 비둘기를 잡는 듯했다. 그물에 비둘기를 담고 있었다. 비둘기고기라…… 맛있겠다. 피에치노의 시선을 느껴서

일까. 프리뮬러가 내려오라고 손짓했다. 피에치노가 자신을 손가락으로 가리키자 프리뮬러는 고개를 끄덕였다. 내려가서 비둘기를 잡은 상황을 둘러보니 바닥에 피가 흥건했다.

"여기 치우는 거 도와주면, 밥 한 끼 줄게."

"열심히, 성심성의껏 치울게."

피에치노가 대걸레를 가져와 바닥의 피를 닦는 한 시간의 노동 끝에 피들을 모두 닦아내자, 프리뮬러는 자신이 학교 뒤의 버려진 신전에서 살고 있다며, 그곳으로 피에치노를 초대했다. 오동통한 비둘기를 생각하니 입 꼬리가 자꾸만 올라갔다. 버려진 신전이라기에 다 무너져가는 건물을 생각했던 피에치노는 의외로 아직도 견고한 모양새에 아예 이곳에 눌러 앉아야 하겠다고 생각했다. 문이 쓸데없이 커서 열기가 어려웠다. 끼이익— 소름끼치는 소리가 불쾌했다.

"웬만하면 기름칠 좀 하지."

투덜거리며 문을 열다 순간 눈앞에 보이는 광경에 숨이 멈췄다. 그 소녀가 있었다! 환하게 웃으며 자신에게 다가오는 모습을 보자 다리에 힘에 풀려 주저

앉아 버렸다. 너무 창피해서 죽고 싶었다. 피에치노가 고개를 못 들고 땅만 바라보고 있자, 소녀가 손을 내밀었다. 하얗고 가느다란 손가락이 너무도 예뻐 눈물이 핑 돌았다.

"그렇게 배고프냐."

눈치 없는 자식. 프리뮬러의 말에 피에치노가 째려보자, 소녀는 배를 잡고 웃으며 말했다.

"너 정말 재미있다. 마음에 들어. 내 이름은 리아트리스(고집쟁이, 고결)야."

"난 피에치노."

'둘이 무슨 사이지?

"가족."

리아트리스가 웃으며 말했다. 생각한 게 얼굴에 다 나타났나보다.

"나 앞으로 여기 눌러앉을 거야."

"응."

둘은 대수롭지 않게 말했다. 어느 정도 예상을 하고 있었다는 반응이었다. 프리뮬러는 아예 그러려고 데려왔다는 표정이다. 역시 친구란 잘 사귀고 봐야
한다.

"너도 이제 우리 가족이야."

"응."

가족…… 뭐 나쁘지는 않은 것 같았다. 아니 꽤 마음에 들었다. 여기서 지내면서 히르핀이나 찾으러 다녀야겠다.

저녁으로 먹은 비둘기고기는 정말 맛있었다. 닭고기보다 토실한 게 무엇보다도 마음에 들었고, 아까 보니깐 학교에 비둘기들이 많이 보이던데 앞으로 식량 걱정을 할 필요가 없을 것 같았다. 천국이 따로 없다. 맛난 것 배불리 먹지, 잠 실컷 잘 수 있는 집 있지.

"아아— 행복하다."

피에치노가 부풀어 오른 배를 쓰다듬고 있자, 프리뮬러가 다가와 말을 걸었다.

"왜 행복한데 지구라트를 찾고 있어?"

"끽!"

너무 놀라 숨이 목에 걸렸다. 아니 도대체가 어째 이 동네사람들은 자신이 지구라트에 가고 있다는 것을 다 알고 있을까나.

"지구라트는 리아트리스를 위해 양보해."

"양보하고 자시고 할 것도 없어. 그게 뭔지 알지도 못하는 사람한테 양보는 무슨. 그래도 찾으면 다같이 가자고."

"넌 이미 행복하잖아, 그러니 양보해."

"참 답답한 양반이네. 나도 그게 어디 있는지 모른다고."

프리뮬러가 얼굴을 찡그렸다. 피에치노는 그의 얼굴을 보면서 잘생긴 사람은 얼굴을 찡그려도 잘생겼구나 생각했다. 이 알 수 없는 열등감이란. 프리뮬러 뒤에서 리아트리스가 나타나 말했다.

"그래, 프리뮬러. 피에치노가 모른다고 하잖아, 그렇지 피에치노?"

"응."

역시 리아트리스는 얼굴도 예쁘고, 마음도 예쁘다.

"그럼 피에치노, 쓸모없는 네가 무엇을 해야 될까요?"

장난스럽고 귀여운 말투. 하지만 그 내용이 이상했다. 피에치노는 자신이 잘못 들었나 귀를 후벼 팠다. 아무래도 잘못 들었나보다. 예쁜 리아트리스가 그런 말을 할 리가 없다.

"멍청한 새끼, 귓구멍이 막혔나. 밥을 먹었으면 밥값을 해야 될 거 아니야."

"자."

프리뮬러가 피에치노에게 반짝이는 색색의 보석 같은 구슬들을 주었다. 과연 이것이 무엇일까.

"내일까지 삼천 개 만들어야 해. 한 사람당 천 개씩."

"삼천 개?"

피에치노는 정신이 아득해지는 것을 느꼈다.

"귀고리 한 쌍에 십 원. 처음이니 우리가 만드는 거 잘 보고 만들라고."

이때 피에치노는 깨달았다. 세상에는 공짜란 없고, 대가 없는 친절함이란 없다는 것을 말이다. 그리고 옆에 있던 프리뮬러의 작은 속삭임을 들었을 때는 울고만 싶었다.

"대충 아는 척만 했어도 넘어갈 수 있었을 텐데."

아스파라거스, 스프링게리, 월계수 잎
(한결같은 마음 죽어도 변함이 없다)

　피에치노는 어느 정도 여기 생활에 적응해갔다. 아
니 그러려고 노력중이다. 이곳에서 지내면서 알게
된 것은 옷 색깔로 신분등급을 표시한다는 것이다.
파란색인 자신은 아무래도 최하위층을 나타내는 듯
했다. 흰색은 중산층, 노란색은 공무원. 그 외에도
아직 많은 옷 색깔이 있었지만 의미를 아는 것은 이
것이 다이다. 법적으로는 신분제를 폐지했다고 하지
만 실질적으로 사람들은 옷을 보고 그들의 신분을
구별했다.

　과연 그들의 신분을 나누었던 기준은 무엇일까. 왜
노란색 옷을 입은 자들이 자신을 학교에 데려다 두
었을까. 사람 가지고 장난하는 것도 아니고. 여기다
방치해둘 거면 뭐 하러 싫다는 아이를 잡아다 혼자

버리고 가냐고, 무책임하긴. 아무튼 그게 중요한 게 아니라 지금 피에치노는 빵집에서 서성이고 있는데, 이유는 고맙다는 말을 전하고 싶어서이다. 사실 빵도 조금은 먹고 싶고……. 아저씨가 준 돈은 무려 오만 원이나 되었다.

그것은 귀고리를 천 개, 목걸이로는 이천오백 개를 만들어야 벌 수 있는 큰돈. 아저씨의 착한 마음을 이용해먹는 나쁜 아이가 된 것 같았지만 사는 게 참 녹록치가 않다. 사람이 비둘기만 먹고 살 수 없는 법, 가끔은 빵도 먹어줘야 한다. 피에치노가 빵집 앞에서 서성이고 있자, 달콤한 사과파이 냄새가 났다. 그 냄새 때문인지 몰라도 배에서 꼬르륵거리며 배고프기 시작했다. 양심이 없이 시도 때도 없이 꼬르륵거리는 배. 문 앞에 쭈그리고 앉자 있자, 문이 열리더니 아저씨가 말을 걸었다.

"빵을 팔고 남았는데, 먹지 않을래?"

참 오지랖도 넓다. 방금 빵을 갓 구워낸 것을 아는데, 빵을 팔다 남았단다. 그리고 아침에 가게 문을 열기도 전에 빵이 팔리고 남다니, 순진한 건지 멍청한 건지. 그래도 속아 넘어가 줘야겠지.

"네."

갓 구워내서 따끈따끈한 달콤한 사과파이에, 우유를 넣은 홍차. 자신이 맛있게 파이를 먹자, 아저씨가 행복한 듯 보였다. 이상했다. 왜 자신이 파이를 먹는데 저 아저씨가 행복해하는 걸까.

"아저씨, 변태예요? 빵 먹는 모습 보고 실실 쪼개긴."

"아니, 아니야. 맛있게 먹어서 기뻐서."

참 이상한 아저씨이다. 아저씨의 커다란 손이 피에치노의 머리를 쓰다듬었다. 너무도 다정한 손길이라 피에치노는 눈물이 울컥할 뻔했다.

"엄마는 건강히 잘 있니?"

"잘 모르겠어요."

"어째서?"

"엄마를 만날 기회가 거의 없었거든요."

어째서 바보 같이 아저씨가 울 것 같은 표정을 짓는 거예요. 엄마를 못 만나서 울고 싶은 것은 저라고요. 아저씨가 무슨 상관인데 그런 표정을 짓는 거예요. 고작 빵 쪼가리 줬다고 마치 아빠인 양 행동하지말아요.

"미안하다, 내가 널 화나게 만들었나보구나."

"……."

"그럼 지구라트에 가는 힌트를 줄 테니 용서해주 겠니?"

어떻게 아저씨는 내가 지구라트에 간다는 것을 알 고 있을까. 무언가 이상하다는 것을 느꼈다. 알지 못 하는 곳에서 무슨 일이 벌어지고 있다는 느낌. 잘 짜 인 각본대로 움직이는 목각인형이 된 느낌이었다. 어째서 모든 이들이 내가 지구라트에 가려는 걸 알 고 있지.

"네가 지구라트에 가려하는 걸 어떻게 아는지 궁 금한 모양이구나."

"네."

"그건 바로, 이곳에 있는 모든 사람들이 지구라트 에 가려고 하기 때문이란다."

그 사실은 커다란 충격이었다. 사실 은연중에 자신 은 특별한 존재라고 생각하고 있었기 때문이다. 그 런데 모두가 그랬다고?

"아저씨도 지구라트에 갔다 왔어요?"

"그럼."

"그곳은 어떤 곳인가요?"

"글쎄……."

아저씨는 아무 말 없이 웃기만 했다.

"무슨 소원을 빌었어요?"

"아들을 만나게 해달라고."

"그래서 만났나요?"

"응."

"무슨 소원이 그래요. 좀 더 근사한 걸 빌지."

"세상에서 가장 근사한 소원인 걸."

"차— 바보 같아. 그래서 그 힌트가 뭐예요?"

"너의 마음의 소리에 귀 기울여보렴."

"마음이 어떻게 말해요. 거짓말쟁이, 저 갈래요."

문을 열고 나가려고 하는데 갑자기 아저씨의 이름
이 궁금해졌다.

"아저씨 이름이 뭐예요."

"피마자(단정한 사랑)."

"내 이름도 장난 아닌데, 아저씨 이름도 만만치 않
다. 앞으로 안 올 거예요. 전 바쁜 사람이거든요. 그
래도 아저씨 사과파이는 제가 먹어본 것 중에서 제
일 맛있었어요."

"잘 자라줘서 고맙다."

정말 이상한 아저씨네. 가게에서 나오자 이상하게 눈물이 나왔다. 그리고 피에치노는 한동안 사과파이를 먹을 수 없었다.

가만히 있어도 시간은 흘러가고, 아이들은 자라고 기억은 바랜다

　시간은 기다려주지 않는다. 그런 명언을 누가 했을
까? 세월 빨리 간다는 말은 누가 하고? 옛말 중에 그
릇된 말 없다고 한 것도 없는데 6년이라는 시간이 지
나 있었다. 그동안 히르핀을 찾아다녔냐고 한다
면…… 할 말이 없다. 사실 피에치노는 히르핀의 존
재가 있었는지에 대해 헷갈린다. 어떻게 낙타가 말
을 할 수 있겠는가. 인어는 또 어떻고. 어린시절에는
누구나 공상에 빠져 살듯이 자신도 현실과 공상을
구분을 못하고 있는 것일지도…….

　피에치노는 진짜 자신의 세계가 어디인지, 엄마의
얼굴이 어떻게 생겼는지도 기억나지 않는다. 이곳에
서의 피에치노는 지구라트를 발견하려는 수많은 사
람들 중의 하나이며, 아무것도 가지고 있는 게 없는

나약한 존재일 뿐이다. 6년이라는 시간은 별다른 소원이 없었던 피에치노가 지구라트를 찾는 것을 포기하게 만들기에 충분했다. 그렇게 피에치노는 어느새 아이도, 어른도 아닌 나이가 되어 있었다.

막이 올라 연극이 시작되면,
그 연극은 작가의 손을 떠나 배우에 의해 결정된다

이른 봄의 햇살에 눈살이 저절로 찌푸려졌다. 자신의 기분과 달리 맑고 화창한 날씨. 피에치노는 지금 자신이 살고 있던 버려진 신전을 벗어나, 학교 뒷산을 걷고 있다. 갈색 피부의 검은 더벅머리의 자신과 달리, 자신의 가장 친한 친구 프리뮬러는 그와 대조적인 하얀 피부와 은발을 가진 붉은 눈의 소년이었다. 그리고 자신이 너무도 사랑하는 붉은 머리의 인형 같이 예쁜 소녀인 리아트리스. 그런 소년과 소녀가 사귀게 됐다는 사실은 너무도 충격적이었다. 너무나 소중했기에 느끼는 배신감 또한 더욱 컸다. 때문에 그들을 피해 산으로 온 것이다.

피에치노와 프리뮬러는 서로가 리아트리스를 좋아한다는 것을 알았지만, 모른 척 공공연하게 묵인

해왔다. 그런데 갑자기 배신을 하다니…… 아니다. 그래도 친한 친구니까 그토록 원하던 사랑을 얻었으니 축하해줘야지. 하지만 그게 안 된다. 만약 리아트리스가 자신을 택했다면 프리뮬러도 배신감을 느꼈을까. 아아, 왜 자신이 아닌 프리뮬러와 사귀게 되었을까. 죽고 싶다. 그들이 너무 원망스럽고 증오심마저 들었다. 도저히 용서할 수가 없었다. 차라리, 차라리 다른 사람을, 자신이 모르는 사람을 리아트리스가 사랑하게 되었다면 받아들일 수 있었을 텐데.

더 이상 이곳에 머물고 있을 이유가 사라진 피에치노는 오래전에 헤어진 히르핀을 찾아 나서기로 결심했다. 너무 시간이 오래 지나 진실된 기억들인지는 알 수 없다. 그래도 뭐라도 해야지 안 그러면 참을 수 없을 것 같았다. 어디로 가야 되는지 알 수 없지만 그저 발길이 이끄는 대로 움직였다. 한참을 걷다 보니 갑자기 눈이 내리고 있는 듯 보였다. 이른 봄에 눈이라니! 깜짝 놀라 내리는 눈을 손으로 잡아 보았다. 손끝에 힘을 주자 부드러운 감촉이 전해지더니만 가는 손 같은 이파리들이 사라졌다.

따뜻했다. 민들레 홀씨였다. 주위를 둘러보자 민들

레 홀씨 수천 송이가 둥둥 떠다니는 것이다. 실바람이 불자 바람결을 따라 일제히 홀씨들이 일렁거렸다. 햇빛에 반사되어 반짝거리며 빛나는 홀씨들 사이에 리아트리스와 프리뮬러가 보였다.

"……."

피에치노는 아무 말도 할 수 없었다.

"지금 지구라트 찾으러 가는 거야?"

피에치노가 프리뮬러를 째려보자, 프리뮬러는 울 것 같은 표정을 지으며 말했다.

"피에치노, 나 미워하지 마. 리아트리스랑 사실은 안 사귄단 말이야."

"왜?"

왜 그런 거짓말을 했었어? 말이 나오지 않았다. 안심이 되어서일까. 이기적인 마음이 너무도 부끄럽다.

"네가 지구라트를 찾으러 너무 안 떠나잖아. 그래서 거짓말 좀 했지."

"그런데, 왜 지금 나타나서 사실을 알려주는 거야. 떠나기 힘들게."

"프리뮬러가 자꾸 네가 자기 미워하면 어떡하냐고 귀찮게 하잖아."

리아트리스의 새침한 말에 피에치노는 아무리 자신이 좋아하는 상대라지만 한 대 때려주고 싶다는 생각이 들었다. 미안 프리뮬러. 마음고생 심했겠구나. 프리뮬러는 피에치노를 향해 환하게 웃으며 말했다.

"앞으로도 우리 친구지?"

"응."

"난 반칙 안 해."

너무도 미안했다. 이기적인 마음이 부끄럽고 창피했다. 친한 친구를 믿지 못하고 자신만 생각하는 추하고 이기적인 모습이. 과연 그 모습을 알아도 프리뮬러가 친구를 해줄까. 피에치노는 살짝 자신의 추한 모습을 웃음으로 가려보았다.

"피에치노, 빨리 지구라트에 가."

"그런데 나는 지구라트가 어디 있는지 몰라, 어디로 가야 돼?"

피에치노는 지구라트에 가고 싶은 생각도 없고, 소원도 없었다. 리아트리스가 거짓말을 해서까지 지구라트를 찾게 만들었다는 사실에 의아함을 가졌지만, 자신을 위한 행동일 것이다.

"gold of words."

"그게 무슨 뜻인데?"

"알파벳을 잘 섞어봐, 무슨 뜻이 되는지."

피에치노는 그들이 왜 같이 가지 않는지, 왜 자신을 그렇게 지구라트에 보내고 싶어 하는지 궁금했다.

"피에치노, 기대하고 있을게."

리아트리스는 피에치노에게 웃으면서 볼에 입맞춤을 해주었다. 머릿속이 하얘지고 얼굴에 피가 몰렸다. 정신이 아찔했다. 프리뮬러를 슬쩍 쳐다보자, 웃으며 작별인사를 건네 왔다.

"피에치노, 잘 가."

그들에게 작별인사를 하면서 길을 나아갔다. 마음이 너무 아프고 슬펐다. 왜 같이 지구라트에 가자고 말을 하지 않는 것일까. 피에치노는 그들에게 자신이 소중하고 중요한 존재가 아닐지도 모른다는 생각이 들었다.

고래 뱃속의 부자

피에치노는 너무 막막했다. 있는지 없는지도 모르는 지구라트에 어떻게 가라는 건지 원. 가서 빌 소원 따위도 없다고. 투덜거리며 길을 걷고 있자 지하철역이 보였다. 지하철이라…… 그러고 보니 한 번도 타본 적이 없었다. 인생을 헛살고 있는지도 모른다. 지하철역으로 내려가 보니 매표소가 보였다. 히르핀은 낙타이니 동물원에 있을 것이란 생각이 들었다. 표를 사려고 물어보니 1300원이란다. 무슨 놈의 표가 그리 비싼지. 주머니를 뒤져보니 나오는 거라고는 800원. 할 수 없이 가만히 앉아서 사람들이 지나가는 모습을 쳐다보고 있었다.

또각또각 또각.

바쁘게 걸어 다니는 사람들. 그 모습은 마치 알을 낳기 위해 자신이 태어난 곳으로 되돌아가는 연어

떼 같았다. 때로는 험난한 폭포를 뛰어넘기도 하고, 때로는 인간이 만들어놓은 그물을 빠져나가기 위해 살점이 패이고 지느러미가 떨어져나가는 극한 상황을 겪으면서 종착지에 도착하기 위해 치열한 연어들. 그들은 지금 연어의 모습을 띠고 있었다. 무엇이 저들을 저렇게 필사적으로 만들었을까. 피에치노는 천천히 일어나 뒤로 걷기 시작했다. 천천히 천천히, 그들의 흐름을 거슬러 올라가며…….

"앗!"

뒤에서 뭔가 밟힌 듯 비명소리가 들려왔다. 뒤를 돌아보니, 신문지를 깔고 앉아있는 사내의 손을 밟고 있었다. 사내의 손목에 있는 금색시계가 눈에 들어왔다.

"뭐하고 있는 것이냐?"

남자는 뒤로 걷는 피에치노에게 물었다.

"뒤로 걷고 있었어요."

"그러니까, 왜 그러고 있냐 말이다."

"……."

피에치노가 아무 말 없자, 남자가 말했다.

"여기 앉아라."

남자는 신문지를 한 장 더 깔며 말했다. 손이 움직일 때마다 보이는 금색시계. 피에치노는 시계를 바라보며 신문지 위에 앉았다.

"아저씨는 왜 여기에서 이러고 있나요?"

"돈을 벌고 있는 중이란다."

"돈이요?"

귀가 솔깃해졌다. 표 값이 모자랐는데, 마침 잘되었다.

"어떻게 버는 건데요?"

"이곳에 앉아 불쌍한 표정을 지으면 사람들이 지나가며 깡통에 돈을 넣어준단다."

이렇게 돈 벌기가 쉽다니. 말도 안 된다. 그동안 열심히 구슬을 꿰어 하루종일 온몸이 쑤시도록 일을 해서 벌어도 1200원을 벌었다. 피에치노가 침울한 표정으로 앉아 있자, 딸그랑거리며 깡통으로 동전이 들어오는 소리가 들렸다. 500원. 순식간에 표 값을 벌었다.

"이야— 너 재능 있구나."

아저씨가 깡통에서 동전을 꺼내 건네주었다. 500원이다. 일을 하지 않고 앉아있기만 했는데 돈이 생겼다. 순간 여기서 조금만 앉아있으면 부자가 될 수 있을 거란 생각이 들었다. 그런 자신의 생각을 알아차렸는지, 남자는 한 가지 제안을 했다.

"수익 7:3 어때? 내가 7, 네가 3."

"5:5"

"허허, 고놈 보소. 이 세계에서 자리 잡는 게 얼마나 어려운줄 아냐?"

"6:4"

"그래, 좋다. 허허, 역시 내가 사람 볼 줄 안다니까."

피에치노는 그렇게 그 남자와 돈을 벌기로 했다.

"내 이름은 천문종(불변)이다. 네 이름은 뭐냐?"

"피에치노."

"그래 피에치노, 앞으로 잘해보자."

천문종이 손을 내밀며 악수를 청했다. 소매 사이로 금색시계가 보였다. 너무 노골적으로 보아서일까. 천문종을 머쓱히 웃으며 시계에 대해 말하기 시작했다.

"왜? 노숙자한테 어울리지 않는 시계라서?"

"아니에요."

솔직히 너무도 어울리지 않는 시계다. 어쩌다 이곳에 오게 되었을까.

"아들한테 받은 거야. 무지 비싼 거라고."

아들이라.

"아들은 뭐하는데요?"

"우리 아들이 얼마나 똑똑한 줄 아니. 매번 장학금 받고 학교를 다녔다고. 그리고 반장이었어. 반장!"

천문종은 아들의 자랑을 하면서 어깨에 힘을 주었다.

"정말요? 이름이 뭔데요?"

"그러니깐…… 저…… 흠흠, 그건 말할 수 없다."

"왜요? 말하면 안 되는 건가요?"

"아니, 말할 수 없는 것이란다."

무슨 뜻이지? 왜 아들의 이름을 말해주지 않는 것일까?

"무슨 말이에요?"

"부모의 마음이랄까?"

"부모의 마음?"

"그래, 네가 커서 부모가 되어보면 알 수 있을 거야."

부모가 되면 알 수 있다? 무엇을? 아들 이름을 말 안 하는 이유를?

"무슨 뜻이에요?"

"자식에게 피해 입히기 싫은 것이 부모의 마음이야."

"무슨 뜻인지 모르겠어요."

"쯧쯧, 넌 부모 속깨나 썩일 애구나. 그리 부모의 마음을 몰라서야. 봐라 내 직업이 떳떳하냐."

"왜요? 그냥 있어도 사람들이 돈을 주잖아요, 좋은 직업 아니에요?"

"그래, 하지만 난 노숙자잖니. 직업이 없는 것은 그리 자랑할 만한 일이 아니야."

"그럼 직업을 가지면 되잖아요."

"이태백 20대 태반이 백수, 사오정 45세면 정년퇴직, 88만원 세대 88만원 월급을 받는 비정규직 20대, 삼팔선 38세쯤 퇴직, 장미족 장기간 미취업족, 오륙도 56세까지 있으면 도둑!"

재미있는 단어들의 나열이었다. 그런데 그게 어때서?

"직업을 가지는 것이 얼마나 어려운지 아냐? 회사에서는 젊고 유능한 인재를 원하지, 회사의 이익을 위해. 기존의 직원들을 30세만 되어도 퇴직시키고 새로운 젊고 유능한 직원을 뽑으니 취업을 해도 걱정이야."

"아저씨가 유능하면 되잖아요."

"휴— 그건 내가 어쩔 수 없는 거라고. 잘나게 태어난 잘난 놈들은 잘 배우고, 잘 먹고, 잘 살지만, 나같이 가난한 집에서 태어나면 죽어라 공부해서 회사 말단으로 취업하고, 내 모든 공들은 모두 회사가 가로채고 적당한 퇴직금 쥐어주고 내쫓지."

"음, 회사가 나쁜 건가요?"

"뭐, 회사가 나쁜 것도 아니지. 원래 위에 있는 사람들만의 고통이라는 게 있으니깐."

"세상은 참 어려운 것 같아요, 너무 복잡해요."

"아니, 세상에는 결코 변하지 않는 법칙이 있단다."

"무슨 법칙이요?"

"잘사는 놈은 더 잘살고, 못사는 놈은 더 못살게 되는 것."

피에치노는 천문종의 말에 인상을 찡그렸다.

"못사는 사람이 정치를 하면 이런 문제가 해결되지 않을까요?"

"맞아. 그런 생각으로 생긴 것이 사회주의야. 모두가 공평하게 살자고 만들어진 거지. 하지만 사회주의 안에서도 빈부의 격차는 심하면 심했지 덜하지는 않아. 기본적인 이념이 평등인데 계급이 존재한다니, 말이 된다고 생각하니? 그러면서 무슨 평등? 무슨 사회주의라고. 웃기지 말라고 해. 누구는 굶어죽고 누구는 간식으로 캐비어를 먹는 사회!"

"아저씨 너무 흥분한 것 같아요, 진정하세요."

"후— 그래. 내가 너무 흥분한 것 같구나."

피에치노는 이야기의 화제를 바꾸기로 했다. 더 이상 이런 이야기를 들었다가는 머리가 터져버릴지도 모르기 때문이다.

"아저씨. 그런데, 아저씨 말대로라면 노숙자는 모두 나이든 사람이어야 하잖아요. 그런데 젊은 사람들도 있는 거예요?"

거지 모자를 쓰고 있는 남자를 가리키자 천문종은 무언가에 화가 난 듯이 말했다.

"밥차가 와서 밥 주지, 가만히 앉아 있어도 돈 줘. 이만한 직업이 어디 있냐?"

"그러면 나라의 경제는 누가 이끌어가나요?"

"그거야, 돈 많은 놈들이 하겠지."

천문종의 무책임한 말에 인상을 찡그렸다. 기분이

상했다. 그의 무기력한 모습에. 어째서 좀 더 노력하려 하지 않는 거지요? 왜 이렇게 쉽게 포기를 하는 거예요? 아저씨 아들에게 부끄럽지도 않나요? 아저씨는 그 시계를 찰 자격도 없어요.

피에치노와 천문종은 다섯 시간 동안 구걸을 해서 삼천 원을 벌었고, 천문종은 매점에 가서 술과 빵을 사고, 피에치노에게 심부름 값이라며 800원을 줬다. 자신에게 빵을 건네주며 말하는 천문종.

"저기 아까 벙거지 모자 쓴 아저씨한테 갖다 줘라. 내가 줬다는 말은 하지 말고."

"왜요?"

"허허, 쪼그만 게 말대답은."

"200원 더 주면 해줄게요."

천문종은 군말 없이 200원을 더 주었다. 피에치노가 모자 쓴 남자에게 다가가 빵을 건네자, 그는 놀란 듯이 쳐다보더니 왜 자신에게 빵을 주냐고 물었다.

"그냥요."

모자 쓴 남자는 머쓱히 웃으면 빵을 받아 들더니, 고맙다는 말을 했다. 그의 옆에서 빵 먹는 모습을 지켜보다가, 그의 손목에 보이는 시계에 무언가 가슴이 찜찜해졌다.

"아저씨는 이름이 뭐예요."

"천인국(단결, 협력)이란다."

왠지 천문종 아저씨랑 말투가 비슷했다. 그러고 보니 성도 같았다. 피에치노는 급히 천문종에게 달려갔다. 왠지 모르게 눈물이 나왔다.

"아저씨, 아저씨 아들 이름이 뭐예요."

"……."

천문종은 아무 말도 하지 않았다.

"아저씨 아들이 빵 고맙대요."

"네가 뭘 안다고 지껄이는 거야! 그 녀석은 내 아들 아니다. 내 아들은 공부 잘하는 반장이었어, 반장! 그런데 노숙자가 되다니…… 아니야, 그 녀석은 내 아들이 아니야!"

"아저씨, 힘들겠지만 다시 시작해 봐요. 여기서 벗어나 봐요."

천문종은 고개를 좌우로 흔들면서 말했다.

"아니, 난 이미 고래에게 잡아먹혔는걸."

고래라…….

지하철 안의 길고 어두운 통로의 고래 갈비뼈 같은

쇠 골조들. 하늘이 보이지 않는 지하철이 정말로 고래일지도 모른다는 생각이 들었다.

"그럼 해피엔딩이겠네요."

어느새 다가온 천인국이 말했다.

"피노키오는 고래에게 잡아먹힌 할아버지와 함께 고래 뱃속에서 탈출하죠. 아버지, 우리도 고래를 빠져나가요."

"나가봤자 어떻게 먹고 살려고."

"일자리는 항상 있어요, 힘들어서 그렇지."

"난 아직 널 용서하지 않았어."

"네."

"쿡쿡쿡."

피에치노는 천문종의 말에 웃음을 터트렸다.

"왜 웃어! 하여간 어린 게."

"아저씨, 저 갈게요."

"왜 그러냐. 화냈다고 삐진 게냐?"

"아니요, 친구 찾으러 가는 길이었거든요."

"다음번에 볼 때는 멋있는 모습 보여주마."

천문종이 손을 흔들며 말했다. 천인국은 조용히 손을 흔들다가 천문종이 돌아서자 입모양으로 말했다.

'고마워!'

피에치노는 매표소로 달려가서 큰소리로 외쳤다.

"동물원으로 가는 표 하나요."

매표소 직원이 이상한 눈으로 바라보았지만 상관 없었다. 그런 것을 신경 쓰기에는 지금은 너무도 기분이 좋으니깐.

믿거나 말거나, 말하는 낙타는 동물원의 스타

피에치노는 지하철에 올라탔다. 처음 타보는 것이라 마음이 들떴지만, 막상 타보니 많은 사람들 사이에 껴서 찐득한 땀 냄새를 맡아야만 했다.

안녕, 어린시절의 꿈과 로망이여.

발이 밟히고, 이리 치이고 저리 치이고, 진이 쫙 빠졌다. 힘들게 동물원에 도착하고 히르핀을 찾기 위해 돌아다니고 있는데, 그러던 중 사람들이 많이 모여 있는 곳이 보여 그곳에 갔다.

그곳에 히르핀이 있었다. 피에치노는 반가운 마음에 말을 걸려고 했는데 사람들이 너무 많아 접근할 수 없었다. 그래서 그저 먼발치에서 히르핀의 모습만 지켜보았다. 히르핀의 옆에는 사과 한 박스가 쌓여있었다. 히르핀은 사과를 먹고 있었고, 초록색 옷을 입은 자들은 옆에서 부채질을 해주며 마사지를

해주고 있었다. 개 팔자 상팔자라더니. 낙타 팔자도
좋다. 부럽다.

"야! 나 유기농밖에 안 먹는 거 몰라?"

"유기농이야, 우리가 설마 너한테 아무거나 먹이
겠어."

초록색 옷 입은 자들이 히르핀의 말에 대답했다.

"지금 내 말에 말대답하는 거야? 세상 참 좋아졌
다, 좋아졌어. 아이고— 어제 맞은 데가 어디더라?"

히르핀의 말에 부산을 떠는 초록색 옷을 입은 자들.

"나 목말라, 녹용이나 줘."

목마르다고 녹용을 달란다. 저기 여기 동물원 맞
지? 한의원 아니지?

"아이 씨, 저번에 수의사가 나보고 콜레스테롤이
높아졌다고 했어. 앞으로 간식은 주꾸미로 준비해."

그렇게 먹어대니, 콜레스테롤이 안 올라가는 게 비
정상이다. 주꾸미는 무슨 주꾸미냐. 원래 낙타 초식
동물 아니었나? 그런데 사람들은 그런 히르핀의 모
습을 보고 좋다고 난리를 친다.

여기저기서 핸드폰으로 사진을 찍어대고, 이름을
부르짖었다. 그리고 수많은 사람들 중 익숙한 목소

리가 들렸다. 리아트리스? 설마? 고개를 돌려보니 리아트리스와 프리뮬러의 모습이 보였다.

"히르핀, 멍멍 해봐."

이런 소리를 하는 사람은 틀림없이 리아트리스밖에 없다.

"하하, 레이디. 재미있으시군요. 그건 강아지고요. 전 말이라고요."

"너 낙타잖아, 음매 해봐."

리아트리스, 그건 소라고.

"레이디, 그러지 마시고 저하고 춹차 한 잔 어떠신지?"

"와— 와— 공짜다, 공짜. 나 사과도 먹어도 돼?"

이미 우리 안에 들어가 박스를 뒤져 사과를 꺼내 먹고선, 먹어도 되냐고 묻다니. 입에 들어있는 거나 제대로 다 먹고 말이나 하라고. 피에치노는 그런 둘이 너무도 창피해 자리를 피하려 했다. 프리뮬러도 마찬가지인 듯 자리를 떠나다, 그런 자신과 눈이 마주쳤다. 피에치노는 조용히 눈빛으로 말했다.

'저 둘과 관련 없는 척하자.'

뜻이 통했는지 프리뮬러는 고개를 끄덕였다.

"어? 프리뮬러 어디 가?"

리아트리스가 큰소리로 외쳤다.

"어? 피에치노!"

히르핀이 소리쳤다. 저 둘, 너무 잘 맞는 한 쌍이다.

"하하하."

프리뮬러와 피에치노는 어색하게 웃으며 둘에게 다가갔다.

"히르핀, 오랜만이야."

"흑, 피에치노. 정말 보고 싶었어. 내가 그동안 사는 게 사는 게 아니고, 먹는 게 먹는 게 아니었어. 오죽하면 하루에 사과 한 박스에 바나나 열 묶음밖에 못 먹었겠어. 휴— 거기다 입맛이 없어서…… 녹용은 어찌나 맛이 없던지."

녹용은 원래 맛없는 게 정상이라고. 비만으로 죽지 않은 게 기적이군. 순간 자신을 바라보는 초록색 옷은 입은 자들의 눈이 번쩍이듯 보인 것은 착각일까. 초록색 입은 자들이 히르핀에게 말을 했다. 하지만 왠지 자신에게 무언가 말하고 있는 느낌…… 착각이겠지?

"히르핀, 친구가 왔는데 돌아가야지. 암, 그렇고

말고."

"그럼 그럼, 친구가 널 얼마나 애타게 그리워했겠어."

"친구, 복 받은 거요."

"자자, 어서 가라고. 친구가 애타게 기다리잖아."

그들은 서둘러 우리의 문을 열고 히르핀을 밖으로 내보냈다. 연신 손을 잡고 '고맙네'를 되풀이하는 그들. 많이 힘들었나보다. 아마 식비가 많이 들어서 힘이 들었겠지. 그렇게 그들은 동물원에 온 김에 입장료 값도 뽑아야 하니 놀다 가기로 했다. 피에치노는 조심스럽게 리아트리스와 프리뮬러에게 같이 지구라트를 찾으러가지 않았냐고 물었다.

리아트리스가 말하길.

"'토요 미스터리 대사건' 보려고."

프리뮬러는

"리아트리스가 안 가니깐."

아…… 한동안 심각하게 배신감을 느꼈던 자신이 바보 같았다. 하지만 피에치노는 한동안 미스터리 방송보다 못한 지구라트를 찾아야만 하는 걸까 하는 심각한 새로운 고민에 빠져야만 했다.

트리토마

(진실한 마음, 그것은 믿을 수 없다)

피에치노와 그의 친구들은 동물원 안을 돌아다니며 백곰도 보고, 원숭이도 보고 여러 가지 동물들을 구경했다. 그러다보니 어느새 해가 뉘엿뉘엿 기울고 있었다.

"그만 돌아갈까."

피에치노가 다리를 주무르며 말하자, 리아트리스는 입장료 값을 뽑아야 한다며 안 가겠다고 생떼를 부렸다. 한 사람당 900원. 세 명이니 2700원. 음…… 아무래도 폐관할 때까지 있어야겠다. 본전을 뽑을 생각에 힘들어도 동물원 안을 모두 돌아다녔다. 그러다 트리토마라는 간판이 달린 놀이공원을 발견했다. 놀이공원이라. 동물원 안에 있는 거니 돈을 따로 안 받겠지?

안에 들어가자 사람은 없이 놀이기구만 돌아가고 있었다. 하여간 요즘 사람들은 전기세 아까운지 몰라요. 직원도 없어 보이고 해서, 그들은 공짜로 회전목마를 탔다. 히르핀은 자신도 타고 싶다고 말 위에 앞다리를 걸치기 위해 허우적거리고 있었다. 피에치노는 진작 와서 탈걸, 괜히 다리 아프게 똥내 나는 동물들이나 보러 다녔다는 후회를 했다.

목마가 돌아갔다. 중심기둥에는 붉은 머리의 소녀가 황금사과를 따먹는 그림이 그려져 있었다. 왠지 붉은 머리라 그런지 리아트리스랑 비슷하게 생겼다는 생각이 들었다. 목마가 한 바퀴를 더 돌자, 그림이 바뀌더니 백마가 하얀 낙타로 변하는 모습이 보였다.

설마……. 히르핀을 쳐다보자, 재미있다며 까르르 웃고 있었다. 목마가 한 바퀴 더 돌고, 그림은 온통 하얗지만 붉은 눈동자의 아이가 다른 아이들로부터 돌팔매질을 당하는 모습으로 변했다. 피에치노는 프리뮬러를 쳐다보았다. 평소 얼굴에 표정을 잘 드러내지 않지만 희미하게 입술이 올라갔다. 회전목마가 마음에 들었나보다. 한 바퀴가 더 돌아가자 갈색 피부의 아이 주변에 붉은 머리 소녀와, 하얗지만 붉은 눈의 소년과, 하얀 낙타가 갈색피부의 소년이 자랄 때마다 점점 멀어지다가 곧 사라져버렸다. 갑자기 기둥이 거울로 바뀌고 거울 속에 비친 자신의 모습이 피에치노를 향해 손을 뻗어 기둥 안으로 끌어들였다. 기둥 안은 연두 빛 언덕으로, 황금사과가 열린 나무숲이 보였다. 조금 발꿈치를 들어 사과를 따먹어 봤다. 복숭아처럼 단 사과. 맛있는 것을 먹으니 리아트리스가 생각났다. 나중에 리아트리스를 주려는 생각에 사과 하나를 따서 바지 주머니에 넣었다.

시원한 바람. 기분이 좋았다. 신발을 벗어 맨발로 풀을 밟아가면서 걸었다. 따뜻한 흙의 온도와 까실한 풀의 촉감. 아무 생각 없이 바닥에 털썩 주저앉아 손으로 흙을 잡고 조금씩 흘려보내고 있는데 머릿속으로 자신의 기억이 아닌 기억들이 흘러 들어왔다. 피에치노는 조심스럽게 기억의 조각들을 보았다. 히르핀에 대한 기억의 조각인 듯했다. 지구라트에서 양치기의 일을 돕는 일을 하던 히르핀. 그가 관리하던 양떼의 무리 중 한 마리가 무리를 이탈했다. 히르핀은 한 마리의 양을 위해 나머지 양들을 버렸다. 그

벌로 인간세상에서 동물로 태어났지만 세상에서 가장 아름답게 생긴 백마는 여전히 신들의 사랑과 관심을 받았다. 하지만 더욱더 아름다워지고 싶은 욕망에 지구라트를 찾아 나섰다. 안내자의 역할을 하던 히르핀이 지구라트에 가는 것은 그 무엇보다 쉬운 일이었다. 쉽게 지구라트를 찾은 히르핀은 자신의 친구였던 양치기에게 소원을 말했다.

"백조와 같이 길고 우아한 목과 다리, 자라는 안장을 가지고 싶어."

히르핀의 소원이 이뤄지고 히르핀의 모습은 낙타로 변했다. 히르핀은 비명을 지르며 절망하고 저주를 퍼부었다.

피에치노는 다른 곳으로 자리를 옮겨 흙을 손에 쥐고 흘려보냈다. 그러자 교통사고가 난 장면이 보였다. 어느 검은 머리카락의 남자가 피를 흘리며 죽어가고 있었다. 남자는 곧 있으면 태어날 자신의 아들을 한 번이라도 보길 간절히 염원했다. 결국 그는 원하던 대로 지구라트에서 소원을 빌어 아들을 만나게 된다. 원래대로라면 아들은 그를 만나고 곧바로 돌아가야만 했다. 하지만 아들은 이곳에서 사랑하는

존재가 생기게 되었다. 그것은 약간의 그의 반칙. 미
안, 하지만 다 널 위한 일이란다.

피에치노는 고개를 갸웃거리며 다른 흙을 집어 들
었다. 그러자 보이는 것은 이곳에 대한 지식인 것 같
았다.

> ― 땅의 신은 신이 죄를 지어 지상에 육신을
> 가지고 태어난 존재를 지칭한다. 지구라트는
> 오직 땅의 신과 하늘의 신만이 있을 수 있는
> 신들만의 장소로서 신이 아닌 존재는 황금사
> 과를 먹을 수 없으며 땅의 신이 황금사과를
> 먹으면 하늘의 신이 소원을 들어준다.

이 말이 사실이면 인어는 자신이 땅의 신이 아니라
고 했는데. 그렇다면 지구라트에 오지 못했다는 뜻.
왜 거짓말을 했을까? 거짓말을 한다고 무엇이 바뀐
다고? 설마……. 어쩌면 인어는 촌장 아들이 자신을
사랑하지 않았다는 것을 인정하기 싫어서 그랬는지
모르겠다. 그와 닮은 아들을 보고 화가 나 과일을 던
진 일을 후회하는 바보 같은 인어. 지구라트에 갔다

고 거짓말함으로써 그가 자신을 만나지 않았던 건 사랑하지 않아서가 아닌, 늙어가는 모습을 보이기 싫어서였다고 이유를 바꿔, 그가 자신을 사랑한다는 것을 증명하려 했던 인어의 행동에 눈물이 났다.

피에치노는 우울한 마음에 근처에 있던 흙을 집어 던졌다. 그러자 보이는 것은 리아트리스의 기억의 조각이었다. 마녀로 태어난 리아트리스. 그녀의 부모, 친구, 스승도 마녀와 마법사들이었다. 마녀와 마법사들은 사람들의 병을 치료해주는 일을 해주었고, 심지어 그들은 죽은 지 얼마 안 된 이들을 신의 눈을 피해 살리기도 했다. 그래서 마녀와 마법사들은 마을에서 존경받고 사랑받는 존재들이었다. 하지만 인간들의 끝없는 욕심 때문에 마녀사냥이 벌어지고, 처음에는 마녀들을 숨겨주던 마을사람들도 시간이 지나자 돈을 받고 그들을 팔아 넘겼다. 영문도 모른 채 억울하게 머리채를 잡힌 채 끌려가던 마녀와 마법사들. 어린 리아트리스는 두려움에 어둠 깊숙이 숨어, 바들바들 떨면서 작은 손으로 눈을 가렸지만…… 그녀는 모든 게 보였다. 부모가 우악스러운 손에 머리채가 잡혀 땅에 질질 끌려가는 모습이…….

마녀와 마법사들이 잡혀 그들의 힘의 원천인 머리카락이 잘리고, 손톱과 발톱이 모두 뽑히는 고통에 몸부림치는 모습을 보며 그녀는 울었다. 손마디 마디가 잘리고 빨갛게 달군 인두로 살갗을 지지는 모습을 바라보며 그녀 또한 마음에 화상을 입었다. 이가 하나씩 뽑히고 뜬 눈으로 자신의 배가 갈라지고 내장이 꺼내지는 고통을 겪어야 했던 그들을 바라보며 피눈물을 흘렸던 그녀. 화형대에서 자신들을 존경한다는 이들이 하는 수많은 욕설과 조롱을 받으며 화형을 당하는 부모, 친구, 스승들을 보며 그녀는 자신의 비겁함을 저주했다. 손톱이 손바닥에 상처를 남겼다.

그녀는 맹세했다. 난 다 보았다. 지금은 비록 비참하게 숨어있더라도 지금 본 일들을 결코 잊지 않으리. 우리의 피가 땅을 적셔서 기름진 땅에 난 곡식들을 배불리 먹어둬라. 대신 너희의 영혼은 영원한 배고픔에 시달려야 할 것이다. 우리가 흘린 피 눈물로 이루어진 포도주를 마시고 즐거워해라. 실컷 마시고 개, 돼지처럼 살아야 하니. 결코 가볍게 끝나지 않을 것이다. 너희들은 풍요로움 속의 빈곤을 느끼게 될 것이다. 리아트리스는 저주로 인해 머리카락이 빠지고 피부를 화상을 입은 것처럼 흉측하게 일그러졌다. 피부에서 흐르는 노란 진물과 온몸에서 나는 악취. 오랜 세월을 그런 모습으로 지내게 된 리아트리스의 소원은 저주로 인해 사라진 아름다움을 되찾는 것이었다.

아름다움을 얻은 그녀는 자신의 소중한 존재였던 마녀와 마법사들을 되살리고 싶었다. 그리고 그녀의 눈에, 그녀를 사랑하는 한 소년이 보였다. 아무런 소원이 없는 소년은 꽤 쓸 만해 보였다. 자신을 위해 소원을 빌어줄 것 같은 바보 녀석. 리아트리스는 곧 이뤄질 소원을 생각하니 너무 기분이 좋아 콧노래가 나왔다.

언제나 밝은 모습의 리아트리스에게 이런 슬픈 과거가 숨겨져 있었다니 너무도 뜻밖이었다. 그런데…… 바보 같은 녀석이라니. 슬프다.

피에치노는 어딘가에 리아트리스의 기억의 조각이 또 있을지도 모른다는 생각이 들어 다른 장소로 가서 흙을 만졌다. 그러자 하얀색 피부에 붉은 눈의 아이가 보였다. 태어날 때부터 색이 없이 태어난 아이. 이름처럼, 프리뮬러 꽃의 다양한 색과는 달리 아무런 색도 없는 아이를 낳은 엄마는 태어나자마자 자신이 쥐새끼를 낳았다며 미쳤다. 아이의 아빠는 매일 술을 먹었고 그때마다 아이를 때렸다. 아이는 스스로가 저주받은 아이라고 생각했다. 밖에 나가면 항상 아이들의 돌팔매질과 따돌림. 하루도 몸에 상처가 없는 적이 없었다. 미쳐버린 엄마는 항상 아이를 보며 쥐를 잡아야 한다며 쥐약을 먹이려 들었다. 정말 이상한 것은 불행하고 살기가 싫어도, 막상 부모가 죽이려 들면 죽어라 도망가는 자신의 행동이었다.

프리뮬러는 그날도 부모를 피해 도망치고 있었다. 그런데 평소보다는 너무 멀리 온 듯 생전 처음 와본 곳에 도착했다. 자줏빛 금낭화(당신을 따르겠습니다, 헌신적인 사랑, 수줍음)들이 피어 있는 곳이었다. 밤이 되어 부모님이 잠들려면 시간이 많이 남아 있었다. 심심하기도 해서 금낭화로 화관을 만들고 있는데 한 소녀가 다가와서 말을 걸었다.

"도와줄까."

못 들은 척 화관을 계속 만들었다.

"지구라트에 가는 거 도와줄까."

프리뮬러가 쳐다보자, 소녀는 웃으며 황금사과를 주었다.

"난 이미 갔다 왔어. 그거 먹으면 다음번에는 네가 가는 거야."

황금사과를 먹었다. 눈물이 나왔다. 너무 맛있어서 우는 것뿐이다. 다른 이유는 없다. 소녀에게 금낭화로 만든 화관을 씌워주고 발에 키스를 하며 맹세했다. 평생 그녀를 따르겠다고.

피에치노는 프리뮬러의 과거에 깜짝 놀랐다. 왜 사랑스럽게 생긴 그를 사람들이 싫어했을까? 프리뮬러가 리아트리스의 말에 꼼짝도 못하는 것은 힘들 때 구해준 그녀에 대한 충성심 때문인가? 왠지 평소 자신이 알고 있던 것과 다른 사실들에 머리가 복잡했다.

바닥에 누워 숨을 고르고 눈을 감았다. 흙의 냄새. 손에 다시 한 번 한 움큼 흙을 쥐어보았다. 이번 기억의 상대는 북아메리카 출신의 아메리카 인디언이었다. 그녀의 이름은 고데치아(순수한 사랑). 인디언 보호구역에 거주하던 그녀는 그곳에서 환멸을 느끼고 있었다. 어차피 미국사회에 동화도 못 할 거라며 약간의 보조금을 받자고 한평생 밖으로 나가지 않는 자신의 아버지를 바라보며 그녀는 언제나 바깥세상을 꿈꿔왔다. 텔레비전이나 보며 감자 칩을 먹고 콜라를 마시는 오빠의 모습을 볼 때면 정말이지 이곳을 뛰쳐나가고 싶었다. 포악하고 영악한 침략자는 그렇게 우리를 조그만 땅에다 가둔 것뿐만 아니라, 정신까지 콜라병에 집어넣었다. 사람들은 마치 우리가 우리 안에서 사육 당하는 동물인 양 구경을 왔다. 동물로 취급되는 우리.

그를 만난 것도 그렇게 만나게 된 거였다. 그도 인디언들을 구경 왔던 사람들 중의 한 사람이었다. 그는 일 년에 한 번은 꼬박꼬박 찾아왔고, 오 년이라는 세월 동안 고데치아에게 하얀 꽃잎의 새 모양 난초를 선물했다. 그가 다섯 번째 찾아오던 해, 그는 서툰 영어로 고데치아에게 말을 걸었다.

"제 이름은 피마자입니다."

"난 고데치아."

그날도 그는 그녀에게 난초를 선물했다. 백조 같은 꽃잎을 가진 난초. 고데치아는 피마자에게 물었다.

"이걸 뭐라고 불러?"

"해오라기 난초(꿈 속에서도 당신을 생각합니다)."

"해오라기? 무슨 뜻이야?"

"백로 과의 철새를 닮았다 해서 해오라기 난초."

"하긴, 백조를 닮았다고 생각했어."

피마자는 고데치아에게 해오라기 난초를 주며 말했다.

"당신을 꿈에서라도 만나고 싶을 정도로 사랑합니다. 언제나 새가 되어 당신 곁에 날아오고 싶었어요."

고데치아는 아무래도 상관없었다. 그저 이곳을 벗어나기만 하면 됐으니깐. 그렇게 그 둘은 결혼하게 되었고, 고데치아는 한국에서 살게 되었다. 한국에서 살자, 사람들은 마치 자신이 신기한 동물인 양 구경을 했다. 아무래도 상관은 없었다. 그곳이나 이곳이나 동물취급 받는 것은 똑같으니깐. 고데치아는 그래도 자신을 바라보고 실없이 웃어대는 피마자를 보면 가슴 어딘가가 따뜻해져오는 것을 느꼈다.

아이를 출산할 때, 피마자가 병원으로 오다가 교통사고로 죽었다. 한동안 그가 오지 않아 이상함을 느꼈지만 전혀 상상도 못했던 일이었다. 퇴원할 때 간호사의 말이 아직도 귀에 생생하다. 이상하게 그 말을 듣고 숨을 쉴 수가 없었다. 아이를 버릴까 생각도

P·i·a·c·h·i·n·o

99

했는데, 도저히 버릴 수가 없었다. 자신의 피부색을 가졌지만 그의 모습을 닮은 아이. 그의 성을 물려받은 아이. 고데치아는 그 아이를 위해 조그만 모자 공장에서 일하기 시작했다. 환기도 제대로 되지 않는 공장. 고데치아는 기침을 달고 살았다. 그런데 아이는 자꾸 공장으로 찾아오려고 한다.

"오지 마."

아이의 울 것 같은 표정에 설명을 해주고 싶었지만, 아직 한국말이 서툰 고데치아에게는 무리였다. 아이가 하는 말의 대부분을 알아들을 수가 없었지만, 그 작은 입이 쉴 새 없이 움직이는 것을 보면 행복했다. 공장 앞에서 이를 흔들면서 자신을 기다리는 아이. 치과에 데려가야겠다. 고데치아는 아이가 말하는 이야기를 알아듣지 못했지만 고개를 끄덕이며 알아듣는 척했다. 버스를 타고 아이와 함께 치과를 가는데, 너무 졸려서 차장에 머리를 기대고 잠이 들었다.

피에치노는 이전에 자신이 알고 있던 것과 다른 사실에 충격을 받았다. 자신을 사랑하지 않는 줄 알았는데, 말을 알아듣지 못해서였다니.

그런데 황금사과를 먹은 기억이 없었다. 언제 먹었을까? 다시 곰곰이 생각해봤다. 피마자가 준 사과파이가 황금사과로 만들어진 듯싶었다. 세상에서 제일 맛있었던 사과파이. 지금 당장 엄마 아빠가 너무도 보고 싶었다.

"하늘의 신이시여, 저의 소원은 저의 아빠 피마자와 엄마 고데치아와 함께 행복하게 사는 것입니다."

아무런 반응도 없었다. 피에치노는 더욱 크게 다시 한 번 외쳤다.

"하늘의 신이시여, 저의 소원은 저의 아빠 피마자와 엄마 고데치아와 함께 행복하게 사는 것입니다!"

피에치노가 아무리 소원을 외쳐도 하늘의 신은 나타나지 않았다.

99마리의 양을 위해 한 마리의 양을 버린다

피에치노는 결국 소원을 외치는 것을 포기하고 하늘의 신을 찾아 나섰다. 언덕을 걷다보니 얕은 포도가 매달려 있는 담장이 보였다. 포도를 한 알 따먹었다. 시고 꺼끌꺼끌한 감촉에 혀가 마비되는 것 같았다. 담장 너머로는 커다란 나무가 보였는데, 아름드리 커다란 나무 밑에는 양치기인 듯 보이는 소년이 있었다. 평화로워 보이는 풍경이었다. 그러던 중 한 마리의 양이 무리에서 이탈했다. 하지만 하얀색 거북이는 나머지 양들만 신경 쓸 뿐 한 마리의 양을 구하려 하지 않았다. 그러자 소년은 그런 하얀 거북이를 보며 물었다.

"나머지를 위해 한 마리를 버리는 거니?"

"만약 저 양이 길을 지나가다가 늑대에게 잡아먹힌다면 그건 무리에서 이탈한 그 양의 잘못이죠. 저의 잘못이 아니에요."

양치기 소년은 그런 하얀 거북이의 모습을 보며 말했다.

"이런, 너무도 무책임하구나. 넌 한 마리의 양을 버림으로써 그 양의 가족과 친구들의 마음을 배반한 것이다. 그 죄는 벌을 받아 마땅하니 너에게 벌을 내려야겠구나."

"죄송합니다, 잘못했습니다, 용서해주세요."

하얀 거북이는 바닥에 엎드려 용서를 빌었다. 피에치노는 거북이가 불쌍해 보였다. 그런데 히르핀은 한 마리의 양을 구했기 때문에 벌을 받았다. 그리고 거북이는 나머지 양들을 위해 한 마리 양을 버렸다. 그렇다면 과연 어떻게 해야 벌을 받지 않을 수 있는 것일까.

"거북이를 어떻게 할 건가요?"

피에치노는 자신의 물음에 어느새 담장 앞까지 다가와 있는 양치기 소년과 담장 하나를 사이에 두고 바라보게 되었다.

"거북이의 죄는 99마리의 양을 버린 것보다 한 마리의 양을 버린 것으로 그 죄는 작았으니, 내쫓지는 않을 것이다. 하지만 그는 언제나 그의 죄를 등에 짊어지고 땅에 기어다니며 사죄를 하며 다녀야 할 것이다."

양치기 소년의 말을 들은 거북이는 감사의 인사를 하며 양들 사이로 돌아갔다.

"과한 처사가 아닌가요?"

양치기는 그런 피에치노를 보며 희미한 웃음을 지었다.

"저기를 보렴."

이해할 수 없었다. 어떻게 거북이는 자신의 죄에 대한 과한 벌을 받고도 다행스러워하며 감사해할까? 오히려 예전보다 행복해하며 즐겁게 일하는 거북이. 어쩌면 양치기 소년은 죄를 주고 싶었던 게 아니라 거북이에게 다른 무언가를 깨닫게 해주고 싶었는지도.

"당신이 하늘의 신인가요."

"글쎄, 신은 신이지. 수많은 신들 중의 하나."

"저의 소원을 들어주세요."

"싫어. 내가 왜 너의 소원을 들어줘야 하지."

피에치노는 당황했다. 당연히 지구라트에 오면 하

늘의 신이 소원을 들어주는 줄 알았다. 그런데 그게 아니라니.

"넌 자존심도 없나보지?"

물론 노력하지 않고 누군가에게 부탁을 하는 것은 잘못된 행동이라는 것을 알고 있지만, 죽은 사람을 되살리는 것은 자신이 노력한다고 되는 일이 아니었다.

"죽은 사람을 되살릴 수 있는 능력이 있다면 내가 이러고 있겠냐. 만약 그런 소원이 이뤄질 수 있다면 그전에 네 아버지가 살려달라고 소원을 빌었겠지."

신은 무엇이든지 다 되는 줄 알았는데…….

"글쎄다, 그런 신이 있다는 것은 못 들어봤는데."

"리아트리스는 지구라트에서 소원을 빌어서 아름다움을 되찾았잖아요."

"죽고 다시 태어났으니."

"그럼 프리뮬러가 그의 색을 달라고 해도?"

"죽고 다시 태어나면 제대로 태어나겠지."

다리에 힘이 빠졌다. 바닥에 털썩 주저앉으니 양치기 소년이 그런 피에치노를 보고 웃으며 말했다.

"넌 무엇에 그리 절망하지?"

"아빠를 되살릴 수 없으니깐."

"어차피 잘 알지도 못하던 사이잖아. 고작 아는
거라고는 언덕에서 얻은 기억의 조각과 두 번의 만
남뿐."

"그래도 소중해요."

"말도 안 되는 소리."

양치기 소년이 단호히 말했다.

"신님에게는 소중한 것이 없나요?"

"있어."

"그것을 잃으면 슬프죠?"

"응."

"그럼, 저의 소원 이루는 것을 도와주세요."

"어차피 영원한 것은 없어. 너희 둘은 어차피 땅의
신이니, 죽은 뒤에 지구라트에서 만나면 되잖아."

"그래도, 그것과 이것은 달라요."

"다른 게 뭐가 있냐? 어차피 만나는 거 조금 늦게
만나는 것뿐이야."

"그럼 저의 소원을 이루지 못하나요?"

"다른 사람에게 피해를 입히지 않고, 신의 법칙에
위배되지 않으며 자연을 해치치 않으면 들어줄 생각
이 있기도 해."

"조건이 까다롭네요."

"세상에 쉬운 건 없지. 그렇다고 너무 상심하지 마. 인간으로서는 고작 살아봤자 백 년. 네 아버지를 만나는 것은 그때 해도 돼."

"그렇다면 엄마의 소원을 들어주세요."

피에치노는 엄마의 소원을 들어주고 싶었다.

"음— 간단하면 들어주도록 생각하는 방향으로 노력할게."

피에치노가 양치기 소년에게 꾸벅 감사의 인사를 고하자 주변이 안개가 낀 것처럼 뿌옇게 변하더니, 어느새 회전목마 위에 있었다. 그런데 이상한 것은 회전목마가 조금 작아진 것이다. 그리고 히르핀과 리아트리스, 프리뮬러가 보이지 않았다. 목마에서 내려 땅에 발을 디뎠다. 왠지 모르게 눈높이가 높은 데 위치한 것 같았다. 손을 내려다보았다. 길고 커다란 손, 어른의 손이었다. 급히 근처에 있는 화장실로 달려가 거울을 확인했다.

목에 사과가 걸린 듯 불룩하게 성대가 튀어나왔다. 어른이 되어버린 것이다. 순식간에 어른이 되다니 무언가 이상했다. 그래도…… 헤헤, 잘생겼다. 갑자

Piacchino

107

기 어른이 되어버려서 놀랐지만 그나마 마음에 위안이 것은 꽤 잘생겼다는 것이다. 거울을 이리저리 보며 감상하고 있자, 사람들이 이상한 눈으로 쳐다보며 지나갔다. 하여간 잘생긴 사람 처음 보나. 역시 사람이란 크고 볼 일이라고.

이젠 프리뮬러에게 꿀릴 게 없었다. 왜 갑자기 어른이 되어버렸는지는 모르지만 피에치노는 잘생겨졌다는 사실에 기분이 좋았다. 그런데 곧 사람들이 자신이 거울을 이리저리 쳐다봐서 이상하게 바라본 것이 아니라는 것을 알게 되었다. 옷이 열세 살 때 입던 옷이었던 것이다. 쫄쫄이 같이 꽉 끼는 옷을 바라보고 있자니 창피했다. 어떻게 이 모습으로 집까지 돌아가지?

결국 피에치노는 밤늦게까지 화장실 칸막이에 숨어 있다가 지하철 막차를 타고 집으로 돌아갈 수밖에 없었다. 집으로 돌아오니 불이 하나도 켜져 있지 않았다. 아무래도 자고 있는 듯했다. 지금은 늦었으니 깨우지 말고 내일 아침 일찍 돌아왔다는 것을 알리기로 하고 옷장에서 프리뮬러 옷인 듯한 것으로 갈아입고 잠을 청했다.

사람들은 돈을 시간보다 중요하게 여기지만,
그로 인해 잃어버린 것들은 돈으론 살 수 없다

피에치노가 아침에 일어나 집 안을 둘러보았지만 아무도 없었다. 학교에 갔나? 우선은 배가 고파 부엌에 가서 먹을 것을 찾기로 했다. 바게트 빵이 있기에 손을 뻗어 집으려다, 깜짝 놀랐다. 흰색이었다. 흰색 옷이 특이한 것은 아니지만, 이것이 프리뮬러 옷이라면, 옷이 흰색이라는 사실은 특이사항이었다. 프리뮬러는 절대로 흰색 옷을 입지 않았다. 그러면 프리뮬러의 옷이 아니었다. 혹시 돌아올 걸 알고 옷을 사 논 것일까? 카라의 색을 확인해보자 금색이었다. 말도 안 돼. 최상위층이라는 뜻이다. 아무래도 다른 사람의 옷인 듯하다. 자신이 없는 사이에 이사라도 가버린 것일까.

피에치노는 알 수 없는 불안감에 떨어야만 했다.

왜 갑자기 자신이 커져 버렸는지도 모르는데, 무언
가 모르는 것들이 자신이 없는 사이에 바뀌어 있었
다. 왠지 이곳에 있으면 안 된다는 느낌마저 들었다.
서둘러 빵을 먹고 학교로 향했다. 학교의 교문으로
들어서는 순간, 사람들은 웃으면서 친절히 인사를
건네 왔다. 정신없이 인사를 받으며 건물에 들어와
계단을 오르려 하니, 한 여학생이 엘리베이터를 타
지 왜 힘들게 계단을 오르느냐며 엘리베이터 안으로
끌어당겼다. 식은땀이 흘렀다. 예전에 멋모르던 시
절, 계단이 싫어 엘리베이터를 타던 때가 있었다. 그
러자 마치 여자아이들이 치한을 만난 양 소리를 질
렀다. 남자 아이들은 자신이 정의의 사도인 양 피에
치노를 엘리베이터 밖으로 내던지더니 구둣발로 무
자비하게 밟아댔다. 그 후로 절대로 엘리베이터 근
처도 가지 않았다. 아직도 여름에 계단을 올라가던
걸 생각하면 끔찍하다. 피에치노는 또 그들이 자신
을 때리기 위해서 태웠을까봐 긴장을 했는데, 예상
외로 무사히 내릴 수 있었다.

　　교무실로 D반 담임을 찾아가자, D반 담임이 벌떡
일어나더니 언제나처럼 찡그리고 화난 목소리가 아

닌 자상하고 온화한 목소리로 말을 걸었다. 순간 피에치노는 늙기도 많이 늙어서 못 알아봤지만, 그동안 알았던 인상과 달라서 사람을 잘못 찾아온 줄 알았다.

"피에치노 군, 어서 오세요. 얼마나 고생이 많았습니까."

D반 담임은 피에치노의 손을 꼭 잡으며 말했다.

"자, 어서 앉으세요, 내가 피에치노 군을 위해 몸에 좋은 인삼차를 준비했어요."

D반 담임이 그런 말을 하자, 주변에 있던 선생님들이 모두 자기네들도 차를 준비했다며 자꾸 말을 걸었다. 어째서 사람들의 태도가 바뀌었을까? 지구라트에 있었던 잠깐의 시간 동안 이곳의 시간이 얼마나 흐른 거지? 시간이 지나서 선생님들도 착해진 건가? 피에치노는 선생님들이 착해진 것이라고 생각했지만 그 다음의 말들 때문에 그의 생각은 깨졌다.

"내가 피에치노의 담임이라고요. 그동안 얼마나 잘해 줬는 줄 아세요. 피에치노 군에게 얘기하고 싶다면 저에게 먼저 허락 받으세요."

욕설, 구박, 모욕, 폭력. 검둥이 고아새끼라고 부르

던 게 아직도 기억에 생생한데, 선생님은 늙으셔서 잊어버렸나 보다.

"피에치노 군, 지구라트에서 무슨 소원을 빌었어? 뭐 백만장자가 되게 해달라고 하거나 복권당첨? 그곳은 황금이 가득한 곳이야? 다음번 사과는 누구에게 줄 거야? 당연히 피에치노 군을 제일 소중히 생각하는 선생님이지?"

피가 차갑게 식었다. 구역질이 나올 것 같았다. 때마침 수업종이 쳐서 수업을 들으러 간다고 일어났다.

"아이고, 역시 우리 피에치노는 세계 최고의 부자가 됐어도 공부를 열심히 하는 모범학생이야. 역시 우리 피에치노야."

D반 담임이 피에치노의 어깨를 토닥였다. 선생님 전 그런 소원 따위 빌지 않았다고요. 왜 제가 부자가 되는 소원을 빌었다고 생각하나요? D반에 들어가 수업을 들자니, 아이들이 자신에 대해서 수군거리며 얘기하고 있었다. 대충 들으니, 지구라트에 가서 세계 최고의 부자가 되었다, 영원히 살게 되었다, 잘생기게 된 게 소원을 빌어서이다, 세계정복을 위한 비밀세력을 가지고 있다, 왜 지구라트에 갔는데 학교

에 나오냐 등의 말이었다. 한 일도 없는데 기운이 쫙 빠졌다.

저들은 지구라트에 간다면 저런 소원들을 빌고 싶은 것일까. 지구라트를 찾는 동안 먹고 살기 위해 공부를 가르치는 곳이 학교라고 했다. 그런데 그들은 지금 학교에서 공부를 하면 지구라트를 발견할 것이라고 착각을 하고 있었다. 공부가 세상의 모두인 듯. 그것이 진리인 양. 지구라트를 찾으러 가지도 않으면서 다른 사람을 부러워하며 질투하고 시기하고. 너희들에게는 지구라트의 비밀에 대해서 말해주지 않을 거야. 평생 허깨비만 쫓아라. 피에치노는 속으로 비웃음을 날리며 책상에 엎드려 잠을 청했다. 그런데 리아트리스와 프리뮬러는 어디 있는 것일까. 히르핀이야 어련히 잘 있겠지.

나는 변하지 않았지만,
다른 모든 것들이 변했다. 그것에 예외는 없다

피에치노가 잠에서 깨어나니, 해가 조금씩 기울고
있었다. 여섯시라……. 집에 돌아가는 길에 닭둘기
좀 잡아가자는 생각에 옥상에 올라갔다. 옥상 문을
열자, 그곳에 리아트리스가 있었다. 여전히 예쁜 리
아트리스. 탐스러운 붉은 머리카락과 아기 같은 눈
망울이 너무도 아름다운, 피에치노만의 천사였다.

"오랜만이야, 피에치노."

"응, 보고 싶었어."

피에치노에게는 사실상 하루 정도 못 본 것이지만,
그래도 너무나 보고 싶었다.

"사과를 가져왔겠네."

"응."

"땅의 신들의 기억들을 보았겠고."

"응."

신이지만 죄를 지어 지상에 태어난 신들을 땅의 신이라 불렀다.

"무슨 소원 빌었어?"

"엄마의 소원을 들어달라고."

"프리뮬러에게 말하지 마."

"왜?"

"그냥, 그런 게 있어."

왠지 모르게 프리뮬러를 더 사랑하고 있다는 느낌. 질투가 났다. 바보 같고 어리석은 질문.

"프리뮬러보다 내가 더 소중하지?"

"응."

리아트리스의 말에 세상 모든 것을 다 가진 느낌이 들었다. 너무도 행복했다. 아마 세상에서 가장 행복한 이는 바로 자신일 것이다. 그때 피에치노는 문 사이로 붉은색 눈동자를 보았다. 조심스럽게 리아트리스의 어깨를 껴안자 문이 닫혔다. 왠지 모를 승리감. 그동안 느꼈던 열등감이 녹아내리고 우월감에 한껏 젖어 올랐다.

"피에치노, 피마자 아저씨가 오늘 빵가게로 오라

고 전해달라고 했어."

"그래?"

무슨 일이지? 리아트리스의 말을 듣고, 아빠를 보기 위해 빵가게로 갔다. 그런데 아빠는 안 보이고 어느 모르는 아줌마만 있을 뿐이었다.

"아줌마, 여기 피마자라고 하는 빵가게 주인 있나요?"

"글쎄, 여기는 내가 계속 빵가게를 했는데."

"그러니까, 한 육 년 전쯤에 있던 빵가게 주인요."

"아아, 맞다!"

아줌마는 생각이 났다는 듯 자신의 머리를 손바닥으로 딱 쳤다.

"갑자기 사라졌다고 하던데. 돌아갈 때가 됐다나 뭐라나 하면서."

피에치노는 주저앉아서 큰소리로 엉엉 울었다.

"아니, 잘생긴 총각. 울지 마. 다 커서 창피하게. 그런데 이번에 지구라트에 갔다는 사람하고 비슷하게 생겼다. 이름이 뭐더라. 피에미친놈? 참, 이름 한번 특이하다니깐."

사실은 십삼 년밖에 안 살았는데…… 총각이란다.

충격적인 말에 한동안 멍하니 있다가 아줌마가 주는 빵을 오물거리며 집으로 걸어갔다. 완전 사기를 당해도 제대로 당했다. 말 몇 마디 나누고 왔는데 시간이 육 년이나 지나 있다니……. 집이 있는 산자락에 도달하자, 하얗게 몽글몽글 꽃이 핀 팔손이나무(비밀, 기만, 분별)가 있었다. 새삼 겨울이 다가오는구나 느끼며 서러움에 복받치며 걷고 있는데 프리뮬러가 다가오는 것이 보였다. 비릿한 혈향(血香). 비둘기 잡았나? 그물에는 비둘기가 몇 마리가 들어 있었다. 날개가 꺾이고 깃털들이 군데군데 뽑힌 채 피를 흘리고 있는 비둘기들. 평소와 달리 과격하게 사냥한 프리뮬러의 모습에 피에치노는 옥상에서의 일을 기억하고 납득했다.

"프리뮬러, 오랜만이야."

프리뮬러에게 인사를 건넸지만 아무 말 없이 공허한 듯 보이는 눈동자로 쳐다만 볼 뿐 대답을 해주지 않았다. 순간 다시는 예전처럼 친한 친구로 지내지 못할 것 같아 두려워졌지만, 리아트리스만 곁에 있어준다면 괜찮아. 그래도…… 슬프다. 집으로 걸어가는데 집에 가까워질수록 불안해지기 시작했다.

끼이익.

나무로 된 문이 마찰음을 냈다. 유난히 평소보다 크게 들렸다. 안으로 들어갔는데 핏자국이 있었다. 아니다. 아닐 것이다. 프리뮬러도 리아트리스를 좋아하니깐. 다른 사람일 것이다. 아니 비둘기일 거야. 미친 듯이 집 안을 뛰어다니며 리아트리스를 찾아다녔다. 예전에 신전이어서 그런지, 바닥이 대리석이라 다급하게 뛰어다니자 발소리가 울려 퍼졌다. 집 안에 울려 퍼지는 발소리가 더욱 다급하게 만들었다. 피에치노는 달리다가 무언가에 걸려 넘어졌다. 비둘기였다. 비둘기가 괴기하게 꺾여서 피를 흘리고 있었다. 역시 그럼 그렇지. 비둘기잖아. 사람 걱정하게시리. 집 안에 피를 흘리고 다니다니. 들어오면 화 좀 내야겠다. 그래도 오늘 옥상에서 일은 미안하다고 해야지. 안도의 한숨을 내쉬며 이 많은 피와 비둘기 시체들을 어떻게 다 치울까 걱정했다. 어떻게 이 많은 비둘기들을 다 잡았나 싶을 정도이다.

"비둘기 산이다, 산. 에이구, 하여간 프리뮬러도 성격이 썩 좋은 편은 아니라니깐."

고약한 냄새에 코를 막았다. 발 디딜 틈도 없이 널려 있는 비둘기들을 피해, 청소도구를 꺼내기 위해 더 안으로 들어갔다. 그런데 못 보던 석상이 있었다. 회색 날개를 가진 붉은 머리카락의 석상이 의자에 몸을 기댄 채 앉아있었다. 진짜 사람 같은 천사 석상은 리아트리스의 모습을 닮아있었다. 피에치노는 조심스럽게 무릎을 꿇어 높이를 맞춘 다음, 석상의 입술에 자신의 입술을 가져다 대었다. 따뜻했다. 볼에 손을 가져다 대니 아직까지 따뜻한 온기가 남아 있었다. 수줍음에 고개를 숙이다가 목에 나 있는 푸른 손자국을 보았다. 비둘기 깃털로 만들어진 회색날개를 고정시키기 위한 커다란 못이 심장을 뚫고 나와 있었다. 하얀 드레스였을 연한 붉은빛 드레스. 아직도 따뜻한 피가 못 때문에 흘러내리고 있었다.

리아트리스…… 피에치노만의 천사였던 그녀. 얼마나 아팠을까. 얼마나…… 피에치노는 회색 날개를 가진 천사 석상의 손을 잡았다. 부드럽고 따뜻한 손. 그동안 많이 잡아둘 걸. 손을 볼에 가져다 대는데 눈물이 나왔다. 울면 안 되는데, 울 자격도 없는데. 넌 울 자격 없어. 울지 마. 아니야, 이건 우는 게 아니야. 창문으로 비치는 달빛이 너무 눈부셔서, 별빛이 너무도 눈부셔 눈이 아파서라고.

리아트리스 미안해, 오늘 하루만 울게. 내게 자격이 없다는 것은 알지만 친구로서 오늘 하루만. 아무 생각도 할 수 없었다. 아무것도 기억나지 않았다. 백지가 되어버린 머릿속. 멍하니 리아트리스를 바라보며 눈물을 흘리고 있는데, 갑자기 총성이 들렸다. 피에치노는 그 순간 알았다. 지금, 세상에서 가장 친했던 친구를 또 한 명 잃었다는 사실을.

사람들은 말한다, 겁쟁이가 자살을 한다고.
하지만 사실은 용감한 자들만이 할 수 있다

피에치노는 어느새 살인자가 되어 있었다. 사람들은 자신이 리아트리스와 프리뮬러를 죽였다고 말했다. 맞는 말이다. 그때 옥상에서 그러지만 않았어도 그들이 죽지는 않았을 것이다. 자신이 죽인 것이다……. 살인죄로 법정에 불려가 판정을 받게 되었다. 봉사활동 시간 2000시간. 눈물이 나왔다. 쓰레기 줍기를 2000시간만 하면 죄가 없어진단다. 자신이 울자, 판사는 1500시간으로 줄여줬다. 저 판사, 지구라트에 어지간히 가고 싶은가 보다. 이미 부와 권력을 가지고 있으면서 무슨 욕심으로 그곳에 가고 싶은 걸까. 순간 분노가 끓어올랐다.

"판사님, 그거 아세요. 지구라트에는 조약돌 대신 다이아몬드가 있고 흙 대신 금가루가 있고, 나무에는 형형색색 빛나는 보석들이 자라요. 일하지 않아도 놀고먹을 수 있고 선남선녀들이 많이 살고 있었어요. 그래서 제가 육 년 만에 돌아왔죠."

'아차, 실수했다' 라는 생각이 들었다. 너무 뻥이 심했다. 아무리 멍청해도 이런 말도 안 되는 말을 믿을까. 주위를 둘러보니, 그것도 아닌가 보다. 사람들은 숨을 죽이며 심호흡을 하고 있었다. 누군가의 침 넘어가는 소리가 들렸다. 결국 피에치노는 봉사활동 200시간을 받고 법정에서 나올 수 있었다.

학교는 계속 다녔다. 그곳에서 자고 씻고 식사를 해결했다. 사람들은 여전히 친한 척하며 다가왔으나 그들이 자신에게 호의를 가지고 다가오는 게 아니라는 것을 이제는 안다. 그들은 뒤에서 자신을 이렇게 부른다. 피에미친놈. 이름이 피에미친놈이라더니 정말로 피에 미친 놈이었잖아. 변태 아니야. 여자아이를 죽이고 비둘기 깃털로 만든 날개를 못으로 고정시켰대. 무섭다 무서워. 비둘기도 엄청나게 죽였다더군. 그동안 비둘기가 하나 둘씩 사라졌었는데. 연습이라도 했나보지. 자신의 가장 친한 친구를 죽인 살인마라더군.

자신에 대한 수많은 말들. 굳이 그들에게 자신이 하지 않았다고 변명하기 위해 애쓰지 않았다. 이것은 친구를 기만한 벌이었다. 그들은 학교에서 지내는 피에치노를 보며, 역시 미친놈이라 그런지 돈도 많으면서 고생을 사서 하는 돈 놈이라고 했다. 돈도 많으니 자신들에게도 나눠주라고 말하는 그들. 하지만 가지고 있는 전 재산이라고는 1500원뿐이었다. 그들은 시시탐탐 돈을 어디다 보관해뒀나 물어보고 지구라트에 대해 물었다. 황금사과를 자신에게 주길 요구했다가 거절당하면 자기네들끼리 수군거리며 욕을 하며 다음날 안 그런 척, 친한 척 말을 걸어왔다.

아, 힘들다. 노란색 옷 입은 자들이 봉사활동을 하고 싶은 장소를 고르라고 했다. 바다, 바다에서 마지막을 끝마치고 싶었다. 바다에 가겠다 하니, 현명한 선택이라며 쓰레기 줍는 척하며 잘 놀다 오란다. 하지만 막상 바다에 가보니, 모래가 보이지 않을 정도로 깔린 돗자리와 파라솔들이 보였다. 사람들은 밤늦게까지 시끄럽게 술을 마시며 이야기를 하며 음식을 먹고 쓰레기를 버렸다. 여기저기서 폭죽이 터졌다. 하늘을 매우는 매캐한 화학냄새. 바다 물은 밑이 보이지 않을 정도로 검었다. 양말 썩는 냄새가 나는 저 더러운 물을 죽기 직전까지 마셔야 한다고 생각하니 바다에 빠져 죽기가 그렇게 쉽지만은 않았다. 끔찍했다.

생각을 바꿔 다음 봉사활동 장소를 고층빌딩 옥상으로 정했다. 뛰어내리는 순간만 무서울 뿐 한 번 뛰어내리면 끝이라는 생각이 들어서이다. 하지만 옥상으로 들어가는 문조차 열수 없었다. 비겁한 겁쟁이. 고소공포증이 있어서 그런 거라고 타이르며, 다음 봉사활동 장소는 산으로 정했다. 산 깊숙한 곳에서 나무에 목을 매어 죽기 위해. 나뭇가지에 천으로 올가미를 만들고 목을 맸다. 이번에는 정말 죽는가 싶었는데 어느새 나뭇가지를 양손에 잡고 철봉에 매달려 있는 듯한 자신의 모습을 발견했다.

이때 피에치노는 깨달았다. 자살은 아무나 못 한다는 것을. 자신 같은 겁쟁이는 죽었다 깨어나도 할 수 없다는 사실을. 죽으려고 시도를 할 때면, 죽기보다는 살아서 벌을 받아야 한다는 말도 안 되는 자기합리화를 하는 자신의 구차함에 눈물을 흘렸다.

자살할 용기도 없이 누군가가 죽여주기를 기다리는 이기적인 겁쟁이. 그래서 세 번의 자살 시도 끝에 결국 이번에는 죽기 위해 지구라트를 찾기로 결심했다. 피에치노는 황금사과를 먹으면서 하늘에 대고 말했다.

"어디나 예외는 있는 법이지."

죽은 사람을 살리는 일은 불가능했을지 몰라도 산 사람은 죽이는 것은 가능하다. 이제 황금사과를 먹었으니 남은 것은 하얀 낙타를 찾는 것뿐.

세상에는 슬플 때도 있고,
그저 그럴 때도 있고, 기쁠 때도 있다

피에치노는 동물원에 가기 위해 지하철역에 갔다.
아마 히르핀은 동물원에 있으리라. 지하철역에서 의
자에 앉아 지하철을 기다리고 있는데, 한 고급 정장
을 입은 남자가 맞은 편 노선에서 자신을 뚫어져라
보고 있었다. 저 자도 지구라트를 원하는 건가. 메마
른 웃음이 나왔다.

땡땡땡. 지하철이 들어왔다. 하지만 지하철에 사람
이 너무 많이 붐벼 다음 번 차를 타기 위해 그냥 의
자에 앉아 있었다. 지하철이 떠나자 그 자리에 고급
정장을 입은 남자가 보이지 않았다. 누군가 옆에 앉
는 느낌. 맞은편 노선에 서 있었던 그였다.

"다행이다."

다행이라. 무엇이 다행이라는 거지? 자신이 올 때

까지 떠나지 않은 거? 그렇게 지구라트가 가고 싶은가. 그렇게 돈이 좋아? 불쾌함에 오른쪽 눈썹이 휘어졌다.

"네가 불행해보여서."

피에치노는 예상했던 말이 아니라 당황했다. 지구라트 때문에 접근한 게 아니었어? 자신을 언제 봤다고 원한을 품고 있는 거지? 온화하고 단정한 얼굴엔 세월의 흔적으로 주름이 있었다. 독기로 가득한 눈이지만 다정한 눈망울이 낯이 익긴 익었다.

"네 값싼 동정 때문에 난 아들을 잃었어."

천문종. 표 값이 없어 같이 구걸을 했던 아저씨였다. 반가움에 웃음이 번졌지만 곧 얼굴을 굳혔다. 왜 아저씨가 화 나 있을까?

"아저씨, 왜 화났어요? 제가 무엇을 잘못했나요?"

"다, 전부 다. 네가 노숙자 생활을 그만두라고 해서 내 아들이 죽은 거야."

"노숙자 생활을 그만 둔다고 왜 천인국 아저씨가 죽어요."

"신분증이 생겼으니깐, 군대에 갔으니깐."

이해가 되지 않았다. 군대에 갔다고 왜 죽지? 전쟁

이라도 났었나?

"어느 미친 새끼가 총기를 난사했다고 하더군. 왜 미친놈까지 군대에 처넣는 거야. 죽고 싶으면 자기만 죽을 것이지 왜 멀쩡한 남의 아들을 죽이고 죽어. 나쁜 새끼, 미친 놈, 찢어죽일 놈……. 얼마나 아팠을까. 얼마나……. 네가 노숙자를 그만두라고 해서 그래. 너 때문이야, 너 때문에 내 아들이 죽은 거야."

그건 제가 잘못한 게 아니잖아요. 총을 난사한 미친놈에게 따지라고요. 화가 나 따지려 했지만 차마 말을 할 수 없었다. 천문종의 주름진 손등에 눈물이 떨어지고 어느새 작아진 어깨가 가늘게 떨렸다. 원망하고 싶어도 이미 죽어버려 원망할 수도 없는, 이름도 얼굴도 알지 못하는 이. 천문종은 피에치노의 잘못이 아니라는 것을 알지만, 누군가를 원망하지 않으면 살아갈 수 없을 것 같았다. 그래서 아무 죄 없는 아이를 원망해 왔다. 하지만 그는 지하철에서 피에치노를 발견한 순간 알아차릴 수 있었다. 금방이라도 울 것 같으면서 어른인 척, 상처받지 않은 척 하며 슬픔을 참고 있는 아이의 모습을……. 더 이상 그 아이를 미워할 수 없었다. 늙어서 어린아이처럼 투정하며 억지를 부린 자신의 추한 얼굴을 손으로 가려보았다. 눈물이 목 줄기를 타고 내려와 와이셔츠를 흠뻑 적셨다. 피에치노는 조용히 천문종이 우는 모습을 바라보다가 말했다.

"계속 원망해주세요."

어린아이 주제에 어른인 척하는 아이. 넌 아직 부모의 사랑을 받으며 어리광을 부려도 되는 나이란다. 어느 정도 마음이 진정된 천문종은 그런 피에치노의 머리카락에 손을 넣고 헝클어뜨리며 말했다.

"넌 나이에 비해서 너무 조숙하게 행동해. 아이는 아이답게 어리광도 부리고 투정도 부려도 돼."

"전 이미 다 컸어요."

"어이구— 말을 말아요. 몸만 컸지 넌 여전히 애라고, 힘들면 힘들다고 말하고 어리광도 부리라고. 원래 어른은 아이들의 어리광을 받아주도록 되어 있거든."

"하지만, 저는 어리광 받아주는 사람이 없어요……."

피에치노는 작게 천문종의 말에 대답했다. 갑자기 나오는 눈물에 당황해하며 얼른 소매로 눈물을 닦았다. 만약 자신이 황금사과를 먹지 않고 천문종에게 줬으면 천인국 아저씨는 살아났을까.

"만약 아저씨가 지구라트에 간다면 아들을 살려달라는 소원을 빌 건가요."

"아니."

온몸에 싸늘한 한기가 도는 것 같았다. 아저씨도 아들보다는 황금이 좋아요?

"오 년이 지났어."

"네?"

"아들이 죽은 지 오 년이나 흘렀다고. 아무리 지구라트에 간다고 해도 못 살려낸다는 것 정도는 안다고."

돈을 원하지 않는다는 것을 알고 안도의 한숨을 내쉬는 피에치노를 보고 천문종이 말했다.

"사람들에게 불신이 생겼구나. 지독한 불치병을 얻었네."

머리 위에 커다란 주름진 손. 아저씨 너무 다정하게 대해주지 마세요. 나중에 더 힘들어진단 말이에요.

"......"

"세상에는 슬플 때도 있고, 그저 그럴 때도 있고,

기쁠 때도 있대. 우리는 지금 슬플 때이니 이제 곧 기쁠 때도 오고 그저 그럴 때도 오겠지."

과연 저에게 그런 날이 올까요. 땡땡땡. 지하철 오고 있었다. 천문종이 의자에서 일어났다.

"잘 가렴."

어딘가 마음 한구석이 찜찜했다. 무언가 말해야 하는데. 그것이 무엇일까. 지하철 문이 열려서 지하철에 올라탔다. 무언가 아저씨에게 말해줄 게 있었는데, 기억이 나지 않았다. 문이 닫히려는 순간, 그것을 알아차리고 큰소리로 외쳤다.

"아저씨, 우리 다음에 만나면 친구해요."

천문종은 우는지 웃는지 알 수 없는 표정으로 말했다.

"우리 친구 아니었냐. 안녕, 나의 작은 친구 피에치노."

피에치노는 천문종이 작은 점으로 보일 때까지 창문으로 그를 보았다. 그리고 갑자기 잘난척쟁이 히르핀이 보고 싶었다. 어떻게 지내고 있을까. 히르핀이 보고 싶다니…… 드디어 자신이 미쳤구나 싶으면서도 실실실 웃음이 새어나왔다. 입 꼬리가 자꾸 올

Piacchino

라가 손으로 누르고 있자 지하철 안의 사람들이 자신을 이상하다는 눈빛으로 힐끔힐끔 쳐다보았다.

"크크크……."

피에치노는 작게 웃음을 터트리며 생각했다. 어쩌면 자신이 진짜로 미쳤는지도 모르겠다고. 닭둘기를 하도 먹어서 조류독감인가 뭔가가 걸려서 그런 것일지도 모르고.

아자리아여, 영원하라
(첫사랑이여, 영원하라)

피에치노는 지금 난처한 상황에 놓여 있었다. 입장료가 무려 사천 원이나 되었다. 무슨 놈의 물가가 그리 올랐는지. 사기다 사기. 동물 하나 본다는데 사천 원이나 내놓으라니. 할 수 없이 사람들이 안 보이는 데 가서 담 넘기를 시도하기로 했다. 동물원이 무슨 성인 줄 알았는지 높게도 쌓았다. 왜 이렇게 일이 안 풀리지? 낑낑대며 담을 넘으려고 시도하고 있는데 벽에 붙어서 버둥거리는 모습이 안타까워서일까. 순찰을 돌던 직원이 혀를 쯧쯧 차며 그냥 들어오란다. 헤헤, 공짜다. 힘겹게 동물원 안으로 들어간 피에치노는 히르핀을 찾기 위해 돌아다녔지만 아무리 돌아다녀도 낙타의 '낙' 자도 보이지 않았다. 결국 직원을 찾아가서 물어보기로 했다.

"혹시 낙타 없나요?"

"낙타! 아이고, 말도 마세요."

초록색 옷을 입은 자는 안색이 창백해지더니 손사래를 쳤다.

"왜요?"

"낙타라니, 끔찍해요. 지금도 육 년 전만 생각하면."

초록색 옷을 입은 자는 과거를 회상하는 것 같더니만 얼굴이 백지장처럼 변했다가 푸르죽죽하게 변했다. 그는 더운지 손으로 부채질을 하며 말했다.

"아이고, 열불 터져라. 열불 터져. 그때 당한 걸 생각하면."

"무슨 일이 있었는데요?"

"아니 그것이, 때리지도 않았는데 때렸다고 사람들 앞에서 울고, 우리가 먹이를 안 주고 굶긴다느니, 학대를 한다느니 이상한 헛소리를 해대서 사람들에게 엄청 욕먹고 동물학대죄로 조사도 받았다니깐요. 그것을 빌미삼아 협박도 하고. 먹는 건 어찌나 먹어대던지. 하루에 사과 한 박스를 바치고 녹용을 물 대신 마셔. 결국 그렇게 먹어서 살이 찌더니 콜레스테롤을 낮추게 주꾸미를 내놓으라지, 의사를 불러 오라지, 덥다고 선풍기 틀어주면 자기는 냉방병 있다고 부채질 하라지. 그 더운 여름날 다섯 시간 동안 부채질 해본 적 있어요? 그것뿐만 아니라……."

계속해서 이어지는 초록 옷 입은 자의 신세타령. 많이 힘들었나 보다.

"……식비며 인건비, 정신적 피해보상까지 모두 다 청구할 거예요. 이번에 지구라트에 갔다는 사람이 그 녀석 친구라던데. 피에치노라던가? 아무튼 피에치노를 만나면 모두 다 청구해야지."

잠시 딴 생각을 하고 있다가 모두 다 자신에게 청구한다는 소리에 심장이 덜컹 내려앉았다. 식비 어쩌고저쩌고를 청구한다고? 무슨 헛소리야. 처먹은 건 낙타새끼라고. 난 아무 상관도 없다고.

"그런데 왜 낙타를 물어보셨어요?"

"하하, 아니 동물원을 다 둘러봤는데 낙타만 없는 것 같아서요. 안녕히 계세요."

등줄기에 식은땀이 흘렀다.

"잠깐만요."

이마에서 땀이 흘러 내렸다. 설마 알아본 건가.

"네?"

새된 목소리가 나왔다.

"저희 동물원에 낙타는 없어도 라마가 있답니다. 천천히 둘러봐주세요."

"네, 감사합니다."

휴— 다행이다. 종종걸음으로 걸어가다 결국 나중에는 뛰면서 도망쳤다. 동물원은 너무 위험하다. 아무래도 다른 곳으로 가봐야겠어. 동물원 안에 위치한 놀이공원인 트리토마(그것을 믿을 수 없다). 사람이 많다 못해 바글바글했다. 회전목마를 찾아가보니 그때와 그림이 달라져 있었다. 히르핀도 없으니 타봤자 의미도 없는 짓이었다. 잘못하면 사람에 깔려 죽겠다 싶어 조금 한적한 곳에 위치한 의자에 앉아 있는데, 어느 여자아이가 다가오더니 말을 걸었다.

"혼자 왔니?"

갈색 머리에 주근깨가 있는 평범한 소녀였다. 그런데 웃을 때마다 보이는 보조개가 너무도 예뻐 보였다. 아직까지 볼에 젖살이 남아 있는 포동포동 아기 같은 볼 살. 그게 어찌나 사랑스러워 보이는지. 평범하게 생긴 게 분명한데 소녀가 너무도 예뻐 보여 아무 말도 할 수 없었다. 요즘 자주 느끼는 거지만 역시 자신은 정신이 이상한 아이일지도 모르겠다는 생각이 들었다.

"……."

아무 말도 안 하고 있자, 자신을 무시하는 줄 알았는지 소녀는 옆에 앉으며 말했다.

"역시 잘생긴 사람은 얼굴값을 한다니깐."

삐쳐서 볼이 부풀어 오른 게 너무도 예뻐 가슴이 아렸다. 자신의 심장 뛰는 소리가 들려왔다. 어째서 처음 보는 저 아이가 낯설지 않은 걸까.

"너 무지 예쁘게 생겼다."

"예쁘게 생긴 게 아니라 잘생긴 거야."

자신의 말이 까르르거리면 웃어대는 소녀. 웃는 모습이 리아트리스를 닮았다. 옆에서 조잘대며 말하는 소녀의 모습에 마치 리아트리스 앞에 있는 것처럼 심장이 뛰었다. 심장아 멈춰라. 멈춰라. 금방이라도 눈물이 쏟아져 나올 것 같았다. 피에치노는 리아트리스에게 느끼던 감정을, 알지도 못하는 소녀에게 느껴 혼란스러웠다.

"신이 잔혹하다고 생각하니?"

소녀가 물었다. 평범한 아이는 아닌 것 같군.

"응."

"아니야, 사실은 우리를 너무도 사랑해주는데 사랑을 표현하는 데 서툴러서 그러니까 이해해 달라고. 언제나 그들은 잔혹함 속에 자상함을 숨겨놓지. 그들은 부끄럼쟁이들이거든."

갑자기 왜 그런 소리를 하는 것일까. 저 소녀도 땅의 신인가?

"넌 땅의 신이니?"

"응, 너도 땅의 신이지?"

"응."

그런데 지구라트에서는 저렇게 생긴 소녀의 기억의 조각을 보지 못했는데……. 뭐, 그곳에 있던 기억을 전부 본 것도 아니니까.

"다시 지구라트에 가고 싶니? 소원을 이루는 데 실패했어?"

"글쎄, 소원이 이루어졌는지도 모르겠어."

"왜?"

"죽은 아빠를 되살리고 싶었는데 안 된다고 해서 엄마의 소원을 들어달라고 했거든."

"그럼 소원이 이뤄지겠다."

"왜?"

"감동적이잖아."

소녀는 두 손을 모아 쥐고 하늘을 바라보면서 말했다.

"신들은 그런 것에 껌벅 죽거든."

그 말대로만 되면 오죽 좋을까. 갑자기 소녀는 쑥스러운 듯 배시시 웃으며 말했다.

"내 소개가 늦었지, 내 이름은 아자리아(첫사랑)."

"난 피에치노."

"아마 히르핀은 사막에 있을 거야."

"사막으로 가려면 어디로 가면 돼?"

"네가 처음 왔던 길을 되돌아가면 돼. 갈게."

아자리아가 작별인사를 하고 떠나려고 했다. 피에치노는 그런 아자리아의 손을 잡고 물었다.

"왜 그날 거짓말했어?"

아자리아는 웃음을 지으며 말했다.

"알았어? 어떻게 알았지? 프리뮬러도 그렇고 너도 그렇고 너무 쉽게 맞춘다."

"프리뮬러도 살아 있어?"

"음— 그게 살아 있는 건가? 납량특집 미스터리 대

작전! 나타나라, 얍!"

아자리아가 마술사처럼 허공에 손짓을 하니 프리뮬러가 희미하게 모습을 드러냈다. 심장이 덜컹 내려앉았다. 피에치노는 프리뮬러에게 무릎을 꿇고 빌었다.

"프리뮬러 미안해, 정말 미안해, 상처 줘서 미안해, 반칙해서 미안해. 다시 친구 해 달라고는 안 할 테니 조금만 아주 조금만 이해해줘."

"싫어."

아프다. 너무도 아팠다. 자신의 오만함을 뒤늦게 후회해봤지만 이미 때는 늦었다. 고개를 숙이고 땅을 바라보았다. 눈물이 아스팔트 위로 떨어져 색을 진하게 만들었다.

"친구 할 거야."

예상치 못한 말에 놀라서 프리뮬러를 쳐다보았다.

"네 가장 친한 친구는 나야."

프리뮬러의 말에 바닥에서 어린아이처럼 엉엉 울었다. 아자리아는 그런 자신을 보고 볼을 긁적이더니 말했다.

140

"어째 내가 나쁜 일을 한 것 같다."

프리뮬러도 피에치노가 어린애처럼 엉엉 우는 모습을 보고 당황해서 어쩔 줄 몰라했다. 아자리아가 프리뮬러에게 물었다.

"프리뮬러, 우리 시나리오 피에치노에게 말 안 했었어?"

"그게 아무리 연극이었다 해도 충격이 커서 깜빡했어."

"아무리 그래도 그렇지, 까먹으면 어떡해."

연극? 무슨 말이지?

"그러니깐 어떻게 된 거냐면…… 내가 땅의 신이잖아."

아자리아가 그날의 끔찍한 비극에 대해 말하기 시작했다.

"응."

"네가 지구라트에 가서 내 소원을 들어줄 줄 알았는데, 그게 아니라서 다시 신이 되려고……."

"그래서?"

목소리가 떨리기 시작했다.

"그래서 자살을 하면 다시 지상에 태어나야 하니깐, 살해당한 것처럼 보이게 하려고 그날 옥상에서……."

"그래서?"

"그래서긴 뭐가 그래서야. 결국 난 질투에 미친 프리뮬러에게 살해당한다는 시나리오랄까?"

"어떻게……."

"아, 어떻게 그런 기발한 생각을 했냐고? 하하하, 내가 워낙 천재잖아. 목 조른 것은 약 먹고 죽어서 한 거라 하나도 안 아팠어. 그리고 날개랑 비둘기 무덤 멋있었지? 그거 내가 다 생각해낸 거다. 세기의 미소녀 미스터리 살인사건, 음하하하."

어린아이마냥 천진하게 칭찬해달라는 듯이 말하는 아자리아. 정말, 정말, 때려주고 싶다. 이마에 혈관이 돋고 주먹이 부르르 떨려왔다. 하여간 그놈의 미스터리 방송을 못 보게 해야지. 아주 TV가 사람을 망친다.

"어떻게 그럴 수 있어, 걱정했잖아."

화를 억누르는 목소리에 아자리아는 허둥대면서 말했다. 아무리 생각해봐도 가끔은 너무도 리아트리스를 때려주고 싶은 강한 충동이 드는 것을 왜일까.

"아니, 내가…… 그러니깐, 다시 신이 될라고. 그러니깐…… 저기…… 미안."

"프리뮬러도 너무해."

피에치노의 말에 프리뮬러의 어깨가 처졌다. 프리뮬러야 원래 리아트리스의 부탁을 절대 거절 못하니할 수 없이 말도 안 되는 일에 협조했겠지. 아무리그래도 그렇지. 그런 말도 안 되는 일에 동참해놓고말도 안 해주다니. 그런데 왜 신이 안 됐지? 프리뮬러는 왜 저렇게 됐고?

"그런데 왜 신이 안 됐어?"

"하하하, 아니 글쎄 약 먹고 죽은 것도 안 걸리고,살해당한 걸로 완벽하게 속였는데, 아니 글쎄 내가우유부단해서 친구의 우정의 깨트린 죄가 있다나 뭐라나. 거기다가 먹지도 않을 거면서 닭둘기 250마리를 프리뮬러를 시켜 살해시킨 죄명이 있다지. 그리고 너! 도대체가 정신이 있는 거야 없는 거야! 왜 안한 일을 했다고 하고 난리야 난리, 아우 빡돌아! 내가 살인 안 했습니다, 하면 되잖아. 그게 뭐가 어려워. 내가 너 때문에 죄 없는 땅의 신에게 살인죄를뒤집어씌운 죄까지 받았잖아. 으아악—"

피에치노는 순간, 신이 리아트리스가 프리뮬러를시켜 비둘기를 죽인 것을 알았다면 리아트리스의 죽음이 자살인 걸 알고 있는 거 아닌가 하는 생각이 들었다. 아닌가? 그런데 그 많은 비둘기들을 어떻게 잡았냐. 감탄하며 프리뮬러를 바라봤다. 아마 프리뮬러는 새 사냥꾼의 일인자일지도 모른다. 프리뮬러가 희미하게 웃으며 말했다.

"살인죄, 방관죄로 이렇게 됐어."

왠지 그렇게 말하고 있는 그가 지금의 모습에 굉장히 만족하고 있다고 느끼는 것은 피에치노만의 착각일까. 프리뮬러는 승리에 찬 미소를 지으며 말했다.

"리아트리스도 아자리아도 미스터리를 좋아하니까."

이런 젠장. 피에치노는 이번에도 프리뮬러에게 자신이 밀렸다는 것을 알았다. 그런데 죽은 지 얼마 안 된 이들이 어떻게 자신과 비슷한 나이 또래로 있는 거지?

"시간이 다르니깐."

프리뮬러가 말했다. 역시 가장 친한 친구끼리는 말을 하지 않아도 마음이 통했다.

"아자리아, 지구라트에 가기 위해 왔어?"

"아니, 나 황금사과도 안 먹었다고, 네가 먹었으니깐 네가 가야지."

"그런가?"

맞긴 맞는데 뭔가 아닌 것 같다…….

"내가 볼에 뽀뽀까지 해줬는데 소원이 안 이뤄져서 충격이었다고. 기억의 조각에서 내 소원을 못 봤나 봐? 그래서 이번에는 실수 없게 내가 직접 말하려고."

"……."

저기요, 이봐요, 리아트리스 양. 바보 녀석이라 할 때는 언제고. 솔직히 기억의 조각에서 바보 녀석이라 칭하는 말만 없었다면 자신은 아마 리아트리스의 소원을 빌었을 것이다. 의외로 자신이 쪼잔한 성격인지도 모르겠다는 생각을 하고 있는데, 아자리아가 엉뚱한 말을 하는 바람에 깜짝 놀라 쳐다봤다.

"피에치노, 나의 소원은 세계정복이다."

허공에 조금 떠 있던 프리뮬러가 휘청거렸다.

"제군, 열심히 짐을 위해 노력하시오. 음하하하."

아자리아가 검지를 펴서 하늘을 가리키며 웃었다. 이거 실현 가능한 소원이긴 한 거지? 기운이 쫙 빠지고 너무도 피곤했다. 그동안의 긴장이 풀린 탓일 것이다. 그래서 잠시 쉬려 하자 아자리아가 고래고래 소리 지르며 외쳤다.

"피에치노, 뭐하는 거야. 어서 사막에 가서 히르핀을 찾아야지!"

한숨을 내쉬고 허탈하게 웃으며 말했다.

"같이 가자."

"싫어. 사막이면 얼마나 덥겠어."

어쩜 저 이기적이고 더러운 성질은 다시 태어나도 바뀌지 않는 건지. 성질을 내고 있는 아자리아를 보니 살포시 웃음이 나왔다. 아마 프리뮬러도 자신과 같은 생각을 하고 있을 것이다. 우리의 첫사랑 그녀. 이제는 리아트리스라는 이름 대신에 아자리아라는 이름을 가졌지만, 아직도 그녀는 우리의 첫사랑이다. 피에치노는 속으로 외쳤다.

'첫사랑이여, 영원하라!'

"그런데 프리뮬러, 네가 나타나려면 '납량특집 미스터리 대작전! 나타나라, 얍!' 이라고 주문 외워야 해?"

피에치노의 물음에 프리뮬러는 말했다.

"'열려라 참깨' 라고 해도 나타나 주마."

주문은 따로 필요하지 않은 듯.

"너도 고생이 많다."

"훗, 그만큼의 보람이 있지."

득의양양한 표정이라니. 무엇으로 보상받기에?

"아자리아 허벅지에 점 있다."

개자식, 변태새끼, 죽여 버리겠어. 조금만 기다려라. 곧 용한 무당 불러다 퇴치해주마. 이 잡귀야. 피에치노는 이를 빠득빠득 갈면서 사막에 가기 위한 길을 찾아 나섰다.

옷깃만 스쳐도 인연이라던데

피에치노는 어렸을 적 기억을 더듬어 골목을 헤매며 터널을 찾아다녔다. 하지만 도무지 터널이 보이지 않았다. 시간이 너무 많이 지나서이기도 했지만, 건물들이 새로 지어졌기 때문에 알아보기가 쉽지만은 않았다. 이번에는 지구라트에 가는 것이 불가능할지도 모르겠다는 생각이 들었다. 눈앞을 가로막고 있는 건물의 벽이 눈에 거슬렸다. 짜증난다. 주먹으로 벽을 세게 쳤다.

"쯧쯧, 바보 같긴. 그런다고 벽이 무너지나, 네 손만 아프지."

어디선가 들리는 목소리. 주위를 둘러봐도 아무도 없었다.

"둘러본다고, 내가 보이겠냐."

"너 뭐야?"

"하여간, 말하는 싸가지하고는. 나야 나. 세상에서 가장 예쁘고 섹시하며 귀엽고 깜찍한 미소녀."

"리아트리스?"

이번에 힘들어서 안 오겠다고 말했지만 아마 걱정돼서 찾아왔으리라 생각했다. 저번에도 길을 같이 떠나지는 않았지만, 미스터리 방송을 보고 자신을 찾아왔었다. 그리고 세상에서 가장 예쁜 존재는 리아트리스밖에 없었다.

"아니."

아! 이름이 바뀌었지?

"아자리아?"

"뭐야! 너, 꼴에 바람둥이로 자랐냐?"

"그럼, 너 뭐야?"

"나 스톡크(믿어주세요)다."

"뭐? 스토커?"

"귓구멍이 막혔냐? 스톡크."

처음 듣는 이름이었다. 뒤돌아 가려 하자 스톡크가 다급히 말했다.

"사막 가는 길이지? 내가 도와줄게."

흥미로운 제안에 발걸음이 멈췄다.

"어떻게?"

"네가 나의 부탁을 들어주면 돼."

건물 벽에 검은색 홀이 생겼다. 영— 수상쩍게 생겼는걸. 손을 넣어보니 물컹한 감촉이 났다. 혹시 사기 아니야? 하지만 다른 방도가 없으니, 할 수 없지.

"좋아."

검은 홀에 들어가니 마치 젤리에서 수영을 하는 느낌이었다. 숨을 참고 통로를 걸어 나가자, 어디선가 많이 본 듯한 동굴이 보였다. 어디서 봤더라?

"야! 오랜만이다. 역시 인간은 빨리 자란다더니. 이제 나보다 크네."

자신이 스톡크라고 말한 존재인 듯. 머리카락은 초록색 미역줄기처럼 굵직하며 부스스해서 손으로 잡으면 부서질 것처럼 보였다. 얼굴에 비해 커다란 눈은 귀엽기보다는 징그러웠다. 피부 또한 회색빛이 띠는 푸르딩딩한 색. 그리고 더욱 놀라운 것은 다리 대신 물고기처럼 생긴 지느러미가 있었다는 점이다. 맙소사! 아직도 살아 있다니. 그때 헤어질 때는 곧 죽을 것처럼 말해놓고선. 스톡크가 피에치노를 보고 다정한 목소리로 말했다.

"피에치노, 이리 가까이 와봐."

왜 그러지? 가까이 다가가자 스톡크가 다시 한 번 말했다.

"더 가까이 와야지."

조금 더 가까이 가니, 스톡크가 갑자기 뛰어올라 지느러미로 볼을 쳤다. 차알싹— 동굴 안에 따귀 맞는 소리가 울려 퍼졌다. 얼얼한 볼을 손으로 감싸고 선 황당해하며 쳐다보자, 스톡크도 너무 크게 울려 퍼진 소리에 놀라다가 그 커다란 눈으로 쩨려보며 말했다.

"야, 내가 그렇게 말을 하면, 지구라트에 가서 '한 불쌍한 인어가 있는데 도와주세요' 라고 말하는 게 인지상정 아니냐?"

"아니, 도와달라는 말 없었잖아."

기가 막혀서 말이 안 나왔다. 도와달라고 말하지도 않았으면서 도움을 안 줬다고 때려? 너무 화가 났다.

"그럼 인어 체면이 있지, '아이고 피에치노님 도와주세요' 하면서 굽실거리냐. 그렇게 착한 척하며 나의 불쌍한 얘기를 해주면 네가 알아서 척척 소원을 빌었어야지."

뻔뻔스럽기까지 하군. 한때나마 불쌍하다고 생각했던 자신이 등신 같았다. 등을 돌려 가려고 했는데 뒤에서 목소리가 들렸다.

"야, 어디 가! 내 소원 듣고 가야지."

"내가 왜 네 소원 따위를 들어줘야 하지."

너무도 화가 나서 뒤도 안 돌아보고 입구가 있었던 쪽으로 걸어 나갔다. 뒤에서 약속을 지키라고 소리를 질러댔지만, 안 들리는 척 무시했다. 입구에 다다랐을 때는 어느 정도 마음이 가라앉았다. 피에치노는 바닥에 털썩 주저앉으며 스스로에게 말했다.

'스톡크가 걱정돼서 있는 게 아니라, 밖이 더워서 있는 거야.'

하지만 피에치노는 알까? 사막은 원래 더운 곳이라는 것을.

깜빡 잠이 들었는지 일어났을 때는 밤이 되어 있었다. 동굴 바닥에 있는 나뭇가지를 모아 모닥불을 피우고 있는데, 울음소리가 들렸다. 신경 쓰지 않으려 해도 자꾸 관심이 갔다. 불을 피우려고 나무를 비비다 가시가 손에 박혔다. 짜증이 났다. 왜 자꾸 우는 건데. 울컥하는 감정에 나뭇가지를 바닥에 던졌다. 동굴이라 그런지 예상 외로 소리가 너무 크게 울려 퍼졌다. 피에치노도 던지고 나서 아차 했다. 스톡크의 울음소리가 더 이상 들리지 않았다. 일부러 그런 게 아닌데. 많이 겁먹었으면 어쩌지? 안절부절못하며 동굴 안을 걸어 다녔다. 그러다 시간이 지나고 어느 정도 진정이 되고 나서 다시 나뭇가지에 불을 지피는 시도를 했다.

　오늘은 너무 늦었으니까 내일 떠나자. 자기 자신에게 하는 변명. 불을 피우고 나서 바닥에 누워 잠을 청했다. 하지만 나무늘보도 아닌 이상 방금 전까지 잠을 자놓고 잠이 올 리가 없었다. 이리저리 뒤척이고 있는데 울음소리가 들려왔다. 시끄러웠다. 시끄러워서 신경이 쓰이는 것뿐이야. 자리에서 일어나 스톡크에게 걸어갔다. 자신이 온 줄도 모르고 울고 있는 스톡크. 빨개진 눈과 부어오른 눈두덩에 안타까운 마음이 들어 위로의 말을 전해주고 싶었지만 정작 입에서 나온 말은 마음과 달리 퉁명한 말이었다.

　"네가 너무 시끄러워서 잠을 잘 수 없잖아."

　이런 말을 하려고 한 게 아닌데.

"미안. 아까 때려서 미안. 일부러 그런 거 아닌데. 여기서 계속 기다렸는데, 아무리 기다려도 소원이 이뤄지지 않아서, 계속 쭉 기다렸는데……."

스톡크가 입을 손으로 막았다. 커다란 눈에서 눈물이 소리 없이 주룩주룩 쏟아졌다. 눈물이 주렁주렁 매달린 눈이 자신을 향했다. 젠장, 그런 눈으로 날 보면 내가 나쁜 짓을 한 것 같잖아.

"네 소원이 뭐야."

"응?"

"네 소원이 뭐냐고?"

"다음에 태어나면 고데치아 꽃처럼 아름답게 생긴, 땅의 신이 되고 싶어."

고데치아…… 엄마의 이름이었다.

"왜 하필 고데치아 꽃 같은 사람이 되고 싶은데?"

"그가 제일 좋아하는 꽃이거든."

눈물이 나올 것만 같았다. 울지 말자, 울지 말자. 피에치노는 속으로 되뇌며 울음을 참기 위해 천장을 바라보았다.

"들어줄게."

"고마워."

그 말을 들은 스톡크는 회색빛 석상으로 변하더니 모래성이 무너지듯 순식간에 무너져 내렸다. 그러자 그동안 참았던 눈물이 나오기 시작했다. 옷깃만 스쳐도 인연이라는 말이 있다는데. 그런데 깔고 앉기까지 했으니, 엄마로 태어나게 하는 것이 당연한 것일지도. 피에치노는 미래에 태어날 엄마를 위해서라도 지구라트에 가야만 했다. 어쩌면 이 모든 것들이 이미 계획된 일일지도 모른다는 생각이 들었다. 엄마, 너무 늦게 알아차려서 미안. 너무 오래 기다리게 해서 미안해.

첫 번째 사과는 배고파 맛을 못 느꼈고,
두 번째 사과는 세상에서 제일 맛있었고,
세 번째 사과는 배가 불러 맛이 그저 그랬다

피에치노는 동굴을 나와 사막을 헤매며 히르핀을 찾으러 다녔다. 미친 짓이었다. 어떻게 어릴 적에 겪었던 그 고생을 잊었을까. 어쩌면 여기서 죽을지도 모른다. 모래에 푹푹 빠지는 발 때문에 신발에 모래가 들어가 걷는 게 너무도 힘들었다. 땀 때문에 젖은 옷의 무게가 온몸을 짓눌렀다. 가뜩이나 까만 피부, 흑인이 되어버릴지도 모른다는 끔찍한 생각이 들었다. 그놈의 낙타가 어디 있는지 코빼기도 안 보이냐. 하긴 사막 한가운데에서 낙타 한 마리 찾겠다고 나서는 짓이 미친 짓이다. 똘아이, 똘아이, 똘아이……. 아이스크림, 아이스크림……. 아이스크림 먹고 싶다. 똘아이는 어느새 아이스크림으로 바뀌어 있었다. 아니야, 더울 때 단 거 먹으면 오히려 더 목말라. 그러니 우선 얼음물을 마시고 얼음물에 목욕하고 선풍기 앞에서 시원한 수박을 먹어야지.

"으아아악— 미치겠다."

어째 죽고 싶다고 생각할 때는 그렇게 안 죽더니, 죽으려는 생각이 없어지니깐 죽으려고 해. 세상 정말 엿 같다. 피에치노는 희미해지는 기억을 마지막으로 하늘을 향해 세 번째 손가락을 치켜세워주고 눈을 감았다. 흔들— 흔들— 버스를 탔었던가? 멀미나. 우웩. 시원하게 토하고 나니 기분이 상쾌했다.

"으악!"

어디선가 들리는 비명소리에 눈을 떴다. 히르핀의 등이었다. 히르핀? 어떻게 된 거지? 분명히 사막에 있었는데? 얼른 정신을 차리고 히르핀의 등에서 내려왔다. 결코 어제 먹은 부산물들이 더러워서가 아니다. 아마도……. 모래가 아닌 초록빛 풀, 황금빛 사과나무가 보였다. 지구라트다.

"어떻게 여기 온 거야? 나 죽은 거야?"

"아니, 사막에서 자고 있길래 주워왔어."

퍽이나 자고 있겠다. 그게 자고 있는 걸로 보이냐.

하여간 애가 좀 모자란다니깐. 히르핀이 씻으러 간다며 어디론가 가버리고 홀로 남게 된 피에치노는 저번에 왔을 때 프리뮬러의 소원을 못 봤으니, 한번 찾아봐야겠다는 생각에 프리뮬러의 소원이 기록된 기억의 조각을 찾으러 다녔다. 바닥에 앉아서 흙을 손으로 잡고 흘려보냈다. 전혀 알지 못하는 땅의 신들의 기억의 조각들이 보였다. 다른 장소로 옮겨서 하길 몇 차례. 결국 포기하는 심정으로 나무 밑에서 쉬고 있는데 흙 한 줌을 우연치 않게 잡게 되었다. 프리뮬러가 보였다. 양치기 소년 앞에서 프리뮬러는 소원을 말했다.

"저의 소원은 지금 리아트리스라고 불리고 있는 땅의 신과 영원히 함께하는 겁니다."

배신자. 피에치노는 미친 듯한 속력으로 양치기 소년이 있는 장소로 달려갔다. 포도가 열리는 얕은 담장을 넘어 양치기 소년의 멱살을 잡고 말했다.

"전에 말한 소원 취소하고 나도 리아트리스랑 영원히 함께하는 것으로 바꿔줘."

황당하다는 듯이 자신을 쳐다보던 양치기 소년은 멱살을 풀고 옷매무새를 가다듬었다. 윽! 창피해. 얼굴이 화끈거렸다.

"이미 소원이 반쯤 이뤄줬다. 그러므로 기각."

자괴감에 빠져 쭈그려 앉아 나뭇가지로 땅을 팠다.

"꼬봉2. 누구나 흥분하면 실수를 하지. 너무 자책하지 마."

"왜 제가 꼬봉2예요?"

"꼬봉1은 프리뮬러다. 그 녀석이 먼저 아자리아의 꼬봉 짓을 했으니 꼬봉1 그리고 넌 2."

젠장, 이번에도 프리뮬러에게 밀리다니.

"그런데 저 꼬봉 아니에요."

친구와 애인 사이랄까?

"그럼 하인인가?"

"……."

꼬봉이 그나마 나은 건가?

"그래 이번엔 소원이 뭐지?"

"아자리아는 세계정복을 하고 싶다고 하고, 스톡크는 고데치아를 닮은 예쁜 땅의 신이 되고 싶대요."

"알았다."

너무도 쉽게 받은 허락. 정말? 세계정복이 정말로 이룰 수 있는 소원이라고? 의심의 눈초리로 양치기 소년을 바라보았다. 소원을 두 개나 들어준다고? 그렇다면 다른 것도 들어주나?

"피부색 좀 바꿔주세요."

"싫어."

"왜요? 전 사과를 한 개 먹었는데 소원을 두 개나 들어준다고 했잖아요."

"넌 사과를 두 개 먹었으니, 소원이 두 개다."

사과를 두 개 먹었다고? 언제 먹었지?

"지구라트에 도착해서 하나 먹고, 지상에서 자살 시도에 실패하고 나서 하나 먹고. 총 두 개. 산술이 안 되나 보지?"

성격 참 까칠하시다. 기억 못할 수도 있는 거지.

"그런데 궁금한 게 하나 있는데요. 물어봐도 돼요?"

"안 돼!"

"왜 저만 육 년이나 시간이 흐른 때에 도착했나요?"

아무리 생각해봐도 이상하다고 생각했다. 처음에는 지구라트와 그곳에 시간차가 있어서 그렇게 도착한 줄 알았는데, 그렇다면 프리뮬러는? 분명 프리뮬러도 소원을 빌었는데 자신만 늦게 도착할 리가 없었다. 양치기 소년은 그 질문에 온화하게 웃으며 대답했다.

"좋은 친구를 뒀더구나."

"네, 프리뮬러는 좋은 친구예요."

좋은 친구를 뒀다는 칭찬에 기분이 좋아졌다.

"한 육 년 뒤쯤 보내 달라더군."

뭐라고? 설마 잘못 들었겠지. 프리뮬러가 그럴 리 없어.

"못 들었어요, 다시 한 번 말씀해주세요."

"훗, 다 들어놓고 뭘 그래. 한 육 년 뒤에나 보내주세요."

비웃음을 날리며 얄밉게 말하는 양치기 소년. 피가 끓어오른다. 그런데 프리뮬러가 소원을 두 개나 빌었다고? 신도 거짓말을 하는군.

"거짓말하지 마세요. 프리뮬러는 사과를 하나 먹었다고요."

"흐음— 멍청하긴. 리아트리스에게 받은 사과 하나, 지구라트에서 따 먹은 거 하나."

사과는 한 개씩만 먹는 게 아니었나?

"황금사과는 모두 몇 개까지 먹을 수 있죠?"

"세 개."

"원래 황금사과를 하나 먹고 지구라트에 갔다 오면, 나머지 하나를 다음 번 땅의 신에게 넘기는 거 아닌가요?"

"하하하."

양치기 소년은 배를 부여잡고 웃었다. 숨이 넘어가도록 웃더니 감탄을 하며 박수를 쳤다.

"멋진데. 훌륭해. 아주 훌륭한 생각이야. 기발한데."

뭐가 그리 훌륭하다는 거지.

"아자리아가 그렇게 해야 하는 거라고 말해줬나?"

"아니요, 기억의 파편을 보니깐. 리아트리스가 프리뮬러에게 황금사과를 주던데요. 그리고 지상으로 돌아가니까 사람들이 황금사과를 자기에게 달라고 해서⋯⋯."

"흠. 인간들이 착각을 하고 있군. 하지만 아자리아가 그 사실을 모르고 있을 리는 없고."

도대체 무엇을 착각하고 있다는 것일까.

"각자에게 할당된 사과는 세 개. 그것은 변하지 않아. 누구의 손에 들어가도 사과의 주인은 바뀌지 않아. 만약 네 사과를 프리뮬러가 먹고 지구라트에서 소원을 빌면 너의 소원이 이뤄지는 것이지. 하지만 프리뮬러는 네 사과를 하나 먹었으니, 그는 그의 사과를 하나 먹지 못하게 되지."

"그런데 전 제 사과를 먹고 제 소원을 빌지 않았어요."

"아니, 너의 소원은 너에 대한 소원은 아니었지만, 네가 사랑하는 존재를 위해 마음에서 비롯된 소원이니, 네가 원하는 소원이야."

그렇다면 리아트리스는 평생 프리뮬러랑 함께하고 싶었던 것일까?

"그건 아니라고 봐, 아마 평생 무보수로 부려먹을 꼬봉이 필요했겠지."

역시 신이라 그런지 생각도 읽을 수 있나보다.

"넌 생각이 그냥 얼굴에 나타난다고."

"전 집에 어떻게 돌아가요?"

"사과들을 다 먹었으니, 다른 신의 사과를 따면 원래 집으로 돌아갈 수 있어."

원래 집이라……

치과에 가기 위해 엄마와 버스를 탔던, 그때 살았던 집으로 돌아가는 건가? 히르핀에게 작별인사도 못했는데…… 리아트리스와 프리뮬러에게도 작별인사를 해야 하는데……. 아쉬운 마음을 뒤로한 채 황금사과를 잡았다.

눈부신 하얀 빛과 함께 피에치노는 어느새 버스 안에 앉아 있는 자신을 발견했다. 조그만 손과 발, 옆에서는 엄마가 자고 있었다. 버스를 탄 지 얼마 지나지 않은 듯 엄마가 일하는 모자 공장이 보였다. 창밖을 바라보며 회상에 잠겨 있는데, 갑자기 문득 이런 생각이 들었다. 프리뮬러가 두 번째로 먹은 사과는 프리뮬러 자신의 사과였으니 피에치노가 육 년이나 뒤에 도착하게 해달라고 빌었던 소원은 프리뮬러의 소원이라는 사실을 말이다.

배신자…… 독한 자식…….

어쩌면 리아트리스가 만든 자살 시나리오도 일부러 말해주지 않은 걸지도 모른다. 다음에 만나면 소금을 팍팍 뿌리고 부적을 붙여주마. 이를 빠득빠득 갈고 있자, 그 소리에 엄마가 잠에서 깼다.

결국 피에치노는 치과에 가서 이를 뽑게 되었다. 이를 뽑는 고통 후에 지는 노을을 보며 애수에 젖고 싶었지만, 해는 중천에 떠서 내려올 생각이 없는 듯했다. 피는 안 나지만 아팠다고! 무지무지 아파 죽는

줄 알았다고. 아니 아마 극심한 고통으로 곧 죽을지
도 몰라. 어쩌면 피가 안 나는 게 나쁜 벌레가 잇몸
속으로 들어가 피를 쪽쪽 빨아먹고 있어서 그러는
걸 거야. 엄마의 손을 잡고 걷고 있는데 엄마가 말을
걸었다.

"과자 사줄까?"

내가 뭐 어린앤 줄 아나. 치— 난 어른이었다고.

"응."

폴짝폴짝 슈퍼로 뛰어갔다. 그런데 어떻게 엄마가
한국말을 할 수 있게 됐지? 하지만 그 생각은 가게
앞에 진열된 과자 보는 순간 안드로메다로 사라져버
렸다. 하지만 그 이유를 피노키오와(and) 양치기 소
년은 알고 있겠지(know).

"엄마, 두 개 사도 돼?"

"하여간, 욕심 많은 건 자기 아빠를 쏙 빼다 박았
다니깐."

고데치아는 싫지는 않은 듯 지갑에서 돈을 꺼냈다.

피에치노는 계산도 하지 않은 채 과자 봉지를 뜯
어서 먹었다. 왜냐하면 그는 일곱 살의 피에치노이
니까.

Piacchino

프리뮬러의 두 번째 사과의 비밀

고데치아는 아들을 데리고 치과에 가기 위해 버스에 탔다. 그런데 무슨 일인지 버스에 타자 갑작스럽게 졸음이 몰려왔다. 잠을 깨려고 노력해봤지만 도저히 그럴 수가 없었다. 정신이 멀어지는 와중에도 피에치노를 혹여나 잃어버릴까 손을 꼭 잡았다. 눈을 떴을 때 보이는 것은 작고 아담한 빵집이었다. 빵을 굽고 있는 듯 맛있는 냄새가 풍기고 있었다. 지금 얼마를 가지고 있더라? 문을 열자 작고 귀여운 종소리가 들려 기분이 좋았다. 여러 가지 맛있는 빵들이 진열된 아기자기한 가게. 아마 피마자가 살아 있었다면 그의 가게도 이런 가게였을 것이다. 몇 가지 빵을 고른 뒤, 계산대에 빵을 올려놓고 지갑에 얼마가 들었는지 확인하며 물었다.

"얼마예요?"

"한 육 년만 저한테 한국어 배우면 공짜로 줄게요."

장난기 넘치는 다정한 목소리. 천천히 고개를 들어서 바라봤다. 맙소사…… 거짓말…….

"울지 마."

운다고? 고데치아는 눈두덩에 손을 가져다 댔다. 얼굴이 눈물로 범벅이 되어 있었다. 어떡하지. 안 예쁠 텐데. 손으로 얼굴을 가렸다. 아차! 상처투성이에 굳은살이 박여버린 손. 손도 더 이상 예쁘지 않아. 슬그머니 손을 내려서 등 뒤에 숨겼다. 피마자는 그런 고데치아를 보고 자신의 손을 보여주며 말했다.

"이것 봐라, 반죽을 하도 했더니 손바닥이 두꺼워졌어. 거기다 오븐에 데어서 흉터도 있다. 참 징그럽지."

그의 굳은 살 박인 따뜻한 손.

"아니. 멋있어."

"고데치아 손도 예뻐."

울면 예뻐 보이지 않겠지만 자꾸 눈물이 나왔다. 피마자는 그런 고데치아를 조용히 끌어안아 줬다. 고데치아는 피마자에게 지구라트, 하늘의 신, 땅의 신, 황금사과, 그밖에 그들에게 주어진 시간이 육 년이라는 사실을 들었다. 주어진 시간이 육 년밖에 없다고 생각해서 그런지 하루하루가 소중하고 행복했다. 하지만 밤이 되면 내일이 오는 것을 두려워하며 잠이 들었다. 화단에 물을 주고 빵을 팔며 같이 이야기를 나누고, 한국어를 배우며, 그렇게 육 년이라는 시간이 지나 헤어질 시간이 되었을 때, 고데치아는 피마자에게 물었다.

"한 가지 물어봐도 돼?"

"뭐?"

"왜 하필 육 년 동안 같이 지낼 수 있게 해달라고 빌었어? 한 육십 년 같이 있게 해달라고 하지."

"나도 그러려고 했는데 프리뮬러가 죽이려고 들더군."

피마자는 아직도 그때 일이 생생하게 기억났다. 자신에게 남은 것은 세 번째 사과뿐이었다. 하지만 그것은 미래의 그 일을 위해 남겨둬야 했다. 그래서 피에치노의 친구인 프리뮬러와 학교 근처 카페에서 만났다. 한 번 와본 적 있는 그 카페는 밖에서는 안이 안 보이지만, 안에서는 밖이 보이는 거울 때문에 신기해했던 기억이 있어 그곳에서 만나자고 한 것이다. 그래서 창가에 자리를 잡았다. 어색함에 서로 아무 말 없이 쳐다보고 있는데 종업원이 와서 메뉴판을 주며 물었다.

"주문하시겠습니까?"

"홍차요, 뭐할래?"

"커피."

"커피는 무슨, 어린애가. 오렌지 주스."

자신의 말에 프리뮬러가 '그럴 거면 뭐 하러 물어보냐'며 작게 투덜거렸다. 귀여운 아이였다. 주문한 게 도착하고 다시금 침묵이 흘렀다. 하지만 그 침묵은 곧 자신에 의해서 깨졌다.

"소원 하나만 들어줘라."

"싫어요."

무슨 내용인지 듣고 좀 거절해라. 프리뮬러의 냉정한 거절에 빈정이 상했다. 냉정한 새끼. 아까 귀엽다고 한 것 취소다.

"피에치노를 위한 일인데도?"

눈동자가 동요하는 게 보였다. 가능성이 있겠군.

"무슨 소원인데요."

"피에치노 엄마가 한국말을 못해서, 피에치노는

엄마가 자신을 싫어하는 줄 알아. 그러니 그녀가 이곳에 올 수 있게 해줘."

잘됐다, 피에치노. 드디어 부모님하고 같이 살 수 있게 됐구나. 프리뮬러의 얼굴에 오랜만에 웃음이 돌았다.

"얼마나요?"

"육십 년."

"그럼 피에치노랑 같이 지내실 건가요?"

"아니. 아무래도 이곳의 질서를 어지럽히지 않기 위해 피에치노 대신 그녀가 여기서 지내겠지."

"그럼 피에치노는 어디 있는데요?"

"지구라트에서 소원을 빌다 오면 육십 년의 세월이 지나 있겠지."

무지막지하게 화가 나 보이는 표정. 눈에 살기가 가득했다. 프리뮬러가 주먹을 말아 쥐었다. 한 대 맞는 건가. 쾅! 예상 외로 프리뮬러는 자신을 때리지 않고 테이블을 내리쳤다. 그 소리에 카페 안에 있던 사람들이 모두 그들을 쳐다봤다.

"육 년! 더 이상은 안 됩니다."

프리뮬러는 몸을 돌려 나가려 하다가 잠시 멈춰서

더니 말했다.

"만약 당신이 피에치노 아빠가 아니었으면 때렸을 거야."

프리뮬러가 나가고, 피마자는 테이블을 확인했다. 약간의 금이 간 자국과 함께 보이는 핏자국. 꽤 아팠겠는걸. 요술거울 밖으로 프리뮬러가 울면서 걸어가는 모습이 보였다. 자꾸 웃음이 나왔다. 피에치노 너 좋은 친구 됐구나.

"피마자, 피마자."

피마자는 고데치아가 부르는 소리에 정신을 차렸다.

"무슨 생각을 그렇게 해."

"아아— 우리 피에치노는 이미 인생의 반은 성공했어."

"그게 갑자기 무슨 말이야?"

"자신을 위해 울어줄 친구가 있거든."

"치— 갑자기 무슨 말이야."

"으흠— 그런데 과연 그 사실을 피에치노는 알까."

"모른다고 하면, 내가 가르쳐줄게."

"아니, 가르쳐주지 마. 스스로 알아차릴 때까지."

"뭐 그러든가."

고데치아와 헤어지고 집으로 돌아가던 피마자는 속으로 외쳐댔다. 절대로 주스 값 때문에 알려주지 말라고 한 거 아니야! 아마도 아닐지 몰라! 신들은 의외의 부분에서 쪼잔한 듯 보였다. 그건 아마도 그들이 너무 순수해서일지도 모른다.

안녕, 나의 작은 하얀 새여

    고데치아는 피마자와 헤어지고 다시 일상생활로 돌아갔다. 피에치노는 초등학교에 입학해 어느새 2학년이 되었다. 고데치아의 잦았던 기침은 점점 심해져만 갔다. 처음에는 감기인줄 알고 피에치노를 가까이 오지 못하게 했지만, 감기가 아닌 듯했다. 요즘은 식욕이 너무 없어 하루에 반 끼도 먹지 못했다. 언제나 숨이 차고 가슴과 등이 아팠다. 그래서 다니던 공장에 사직서를 내고 계단에서 내려오는 것이다. 순간적으로 기침과 함께 피를 토했다. 그때 처음 생각나는 거라고는 '보험은 몇 개 들었더라, 피에치노는 누가 돌봐주지' 하는 생각뿐이었다.

    병원에 가서 검사를 받았다. 결과는 삼일 뒤에나 나왔다. 폐암 말기라고 했다. 의사는 입원 후 수술을 권했지만 진단서만 받고선 보험회사에 전화를 했다.

Piacchino

173

그동안 보험 두 개의 비용을 지불하기가 힘들었지만, 그나마 보람이 있다는 생각이 들었다. 그런데 맙소사. 보험료를 두 회사가 합쳐서 준다는 것이다. 사기꾼 같으니라고. 지금 당장 받을 수 있는 돈이라고는 두 회사가 합쳐서 주는 삼백만 원이 전부였다. 그리고 병원에 입원을 하면 입원비가 지급되지만, 입원을 하지 않으면 돈을 주지 않겠다고 했다.

우리 피에치노 대학 보내줄 돈이었는데…… 사기꾼들. 천하의 사기꾼. 전화기를 붙들고 집에서 펑펑 울었다. 한참을 울고 화장실에 세수를 하는데 토혈을 했다. 숨이 찼다. 가슴과 등에 누군가 창을 꽂은 것 같았다. 갑작스러운 현기증에 쓰러지고 미열에 정신이 몽롱해져갔다. 간신히 몸을 일으켜 화장실 거울을 바라보니 피부가 노랗게 질려 있었다. 거울 속에 끔찍한 두통 후 초록빛으로 변한 괴물이 자신을 노려보고 있었다. 비명을 지르며 손으로 거울을 부수고 비틀거리며 침실로 돌아가려 했다. 하지만 앞이 흐릿한 게 잘 보이지 않았다. 화장실 바닥에 거울 조각이 떨어진 듯, 붉게 물드는 타일들을 바라보며 거실로 걸어갔다.

어느새 피에치노가 학교를 마치고 돌아왔는지, 가방을 벗어던지고 달려왔다. 고데치아는 한참 동안이나 피에치노를 품에 안고 울었다. 피에치노는 그런 고데치아의 품에서 울면서 말했다.

"엄마, 잘못했어. 피에치노가 잘못했어요."

자신이 잘못했다며 우는 피에치노를 보며 고데치아는 결심했다. 보험금으로 피에치노를 대학에 보내는 게 아니라 자신이 계속 살아서 돈을 벌어 보내겠다고. 그래서 병원에 입원했다. 다인실 병실은 시끄러웠지만 사람들이 생기가 넘쳐서 좋았다. 그리고 무엇보다 좋은 것은 자신의 자리에서 창문이 보인다는 것이었다. 앙상한 나뭇가지에는 항상 작은 하얀 새가 앉아 있었다. 마치 자신을 바라보고 있는 것 같은 느낌이 들었다. 고데치아만 그렇게 느낀 게 아닌 듯 옆자리에 앉아 있던 할머니가 말했다.

"역시, 새도 미인을 알아본다고. 색시가 예쁘니깐 저것도 매일 와서 쳐다보고 가네, 그려."

할머니의 말이 싫지만은 않았다. 매일 아침 저 새를 보는 것을 기대하며 눈을 뜨기도 했다. 그렇게 수술날짜가 다가왔고 고데치아가 수술실로 들어가 있는 사이, 피에치노가 수술실 앞에서 수술이 끝나기만을 기다리고 있었다. 그런데 어떤 곱슬머리의 키가 큰 남자가 다가와 말을 걸었다.

"지금 엄마 수술중이니?"

"네, 아저씨는 누구신데요."

"네 아빠 친구란다."

아빠 친구라는 소리에 놀라서 쳐다봤다.

"우리 아빠는 천국에 있는데요."

"응, 그래도 우리는 친구야."

피에치노는 멋지게 생긴 곱슬머리 남자가 마음에 들었다.

"아저씨 되게 멋있는 거 같아요. 아저씨 뭐하시는 분이예요."

"양치기란다."

"우와!"

정확하게 양치기가 무슨 일을 하는지는 몰랐지만, 아마 세상에서 제일 멋진 일이 것이다.

"나도 커서 양치기 할래."

"안 돼."

"왜?"

피에치노의 물음에 곱슬머리 남자는 대답했다.

"네가 세상에서 가장 맛있는 사과파이를 만들어야 온 가족이 만날 수 있거든."

"그럼 나 빵가게 아저씨 할래."

피에치노의 대답에 곱슬머리 남자는 다정하게 머리를 쓰다듬으면서 말했다.

"그때까지 엄마 잘 지켜드려야 한다."

"응!"

"자, 그러면 상. 엄마 나올 때까지 배고프니까 먹고 있어."

곱슬머리 남자는 종이로 만든 집 모양 가방을 주었다. 그 안에는 형형색색 맛있는 도넛과 파이가 들어 있었다. 예쁘고 아기자기한 빵과 포장들. 정성이 많이 들어간 게 눈에 보였다. 곱슬머리 남자가 작별인사를 하고 뒤돌아 걸어갔다. 순간 복도를 걷고 있는 그의 모습을 어디선가 본 적이 있다는 생각이 들었지만 그 생각은 곧 머릿속에서 잊혀졌다. 화려한 도넛과 파이가 혼을 쏙 빼냈기 때문이다.

수술이 끝나고 눈을 뜬 고데치아는 창밖을 바라봤으나 하얀 새가 더 이상 보이지 않았다. 이제 곧 떠

날 거라지만 서운했다. 그러다 침대 머리맡에 놓여
있는 난초와 피에치노 얼굴에 잔뜩 묻어 있는 빵가
루를 보았다.

"누가 왔다 갔니?"

"응, 아빠 친구가 빵 줬다. 나 커서 빵가게 아저씨
할 거야. 그래서 매일 맛있는 빵도 먹고 엄마 아빠랑
살 거야."

이곳까지 찾아올 친구는 없는데…… 어째든 고마
운 분이다. 그런데 빵가게 아저씨를 하는데 엄마 아
빠랑 살 거라니. 아빠는 천국에 있어서 말도 안 되는
소리라고 해줄까 하는 순간, 할머니가 난초를 보며
말했다.

"아유— 예뻐라. 해오라기가 참으로 곱게도 피었
구면."

해오라기……. 터져 나오는 울음을 참을 수 없었다.

"엄마 왜 울어. 울지 마."

피에치노가 침대에 매달려 울면서 말했다.

"아니야, 이건 슬퍼서 우는 게 아니라 너무 기뻐서
우는 거야."

"세상에서 가장 맛있는 사과파이를 만들어 우리

가족 함께 살자."

"응."

고데치아는 피에치노가 무슨 소리를 하는지 이해하지 못했다. 하지만 그의 작은 손을 꼭 잡으면서 희미하게 미소 지었다.

안녕, 나의 작은 하얀 새여.

Piacchino

179

피마자의 세 번째 사과

푸른 하늘을 가린 사과나무들과, 끝이 보이지 않을 정도로 높은 담. 이것이 진짜 지구라트의 모습이었다. 아마 양치기는 자신의 친구 아들에게 어지간히도 잘 보이고 싶었나 보다. 하지만 그 사실을 아는 것은 양치기뿐인 듯했다. 양치기 옆으로 다가온 그의 친구가 말했다. 아마도 양치기가 자신의 아들을 너무도 놀려먹은 것 같아 기분이 언짢은 듯.

"너무 놀려먹은 거 아니야?"

아마 프리뮬러의 두 번째 사과의 트릭에 대한 얘기일 것이다.

"그러는 너는 언제부터 내가 신경도 안 쓰던 세계의 질서를 신경 썼냐."

고데치아를 그곳에 데려오도록 프리뮬러에게 부탁을 할 때 써먹은 엉터리 법칙에 대한 말이었다.

"원래 대를 위해선 소의 희생도 필요한 법. 난 네가 어린애 모습으로 변하기에, 또 하도 오래 살아서 노망난 줄 알았지."

"어린애는 같은 어린아이를 경계하지 않는 법이지. 겁먹지 말라고 특별히 신경 써준 거다."

"아하— 그러셔. 아주 골려먹는 게 눈에 보이던데."

피마자의 비꼬는 말투에 양치기는 흥분을 해서 말했다.

"자기 자식을 잡아가라고 전화한 자식이!"

"대를 위한 소의 희생이었어. 다 피에치노가 잘 되라고 한 일이라고."

"네 사과를 피에치노에게 먹이고 심부름 시켰잖아."

"나만 좋으라고 한 일이 아니라고."

"아하— 그래, 매일 대를 위한 소의 희생. 그놈의 희생, 희생, 희생! 희생만 하다 끝나겠어. 아주 애를 잡겠다, 잡아!"

울 것 같이 변한 피마자의 모습에 양치기는 급히 사과를 했다.

"미안."

"아니, 맞는 말이지."

그 둘은 한동안 아무 말도 안 했다. 그러다 먼저 말을 꺼낸 것은 양치기였다.

"세 번째 소원은 뭐야?"

피마자가 피크닉 가방에서 사과파이를 꺼내서 한 입 베어 물고 말했다.

"고데치아가 건강히 오래 살게 해줘."

"오래라……."

의외의 소원인 듯했다.

"오래 살면, 네가 오래 기다려야 하잖아."

"그녀가 일찍 죽으면 피에치노가 슬퍼할 테니깐."

피마자의 말에 양치기는 비아냥거리며 말했다.

"아주 성인군자 나셨구먼."

"그녀가 그전에 기다려준 거에 비하면 조금 기다리는 거지."

"그전에는 왜 그녀를 사랑하지 않았지?"

"아니, 사랑했어. 다만……."

"다만?"

"생선 알레르기가 있었거든."

피마자의 말을 들은 양치기는 조용히 읊조렸다.

"천하의 나쁜 놈 같으니라고."

"사과에 미친 어떤 놈보다야 생선 알레르기가 훨씬 낫지."

둘은 다시 아무 말도 하지 않았다. 그러다 피마자가 먼저 말을 건넸다.

"샌드위치 먹을래?"

"아니."

"사과주스도 있는데."

"……내놔봐."

이 유치한 말싸움의 최후의 승자는 피마자인 듯하다. 사과주스를 마시고 있는 양치기에게 피마자가 불쑥 말했다.

"사과나무와 담. 고마워."

피마자도 알고 있었나 보다. 양치기의 얼굴에 웃음이 번졌다. 아무래도 그들의 승부는 무승부인 듯하다.

세상에서 가장 맛있는
사과파이를 만들기 원했던 남자

피에치노는 세상에서 가장 맛있는 사과파이를 만들고 싶었다. 그래서 열여섯 살부터 십 년 동안 제과제빵에만 매달렸다. 지금도 기억하건데, 그때처럼 열심히 살았던 적은 없는 것 같다. 혹자는 왜 사과파이 따위에 그렇게 집착하느냐고 하겠지만, 그것은 아마 그가 태어나기도 전에 돌아가신 아버지가 만들어준 사과파이가 세상에서 가장 맛있었다는 기억 때문이었다. 물론 말도 안 되는 일이지만 어찌된 영문인지 자신은 그 사과파이를 먹은 기억이 있었고, 그것은 세상에서 가장 맛있었다. 그래서 그 파이를 다시 한 번 맛보고 싶었다지만 그럴 수가 없었다. 그리고 무엇보다도 사과파이 만드는 것에 열망했던 것은, 아마도 어린시절 아버지 친구 분에게서 세상에서 가장 맛있는 사과파이를 만들면 가족 모두가 만나게 된다는 말을 들은 기억 때문이었다.

물론 머리로는 불가능한 일이라는 것을 알지만 수많은 실패를 거치고 난 후, 결국 그냥 동네에 작은 빵가게를 차리게 되었다. 가게 이름은 리아트리스. 항상 머릿속을 떠돌던 단어였다. 알지도 못하는 생소한 단어들이 머릿속을 휘젓고, 알 수 없는 그리움에 눈물을 흘릴 때가 있었다. 어쩌면 그동안 자신을 너무 혹사하고 있었는지도 모르겠다.

가난한 동네의 작은 빵가게. 그곳에서는 부드럽고 달콤한 무스쇼콜라와 캐러멜소스와 아이스크림이 어우러진 브리오시 파숑, 슈 안에 초콜릿이 든 뽀삐떼롤, 환상적인 치즈 맛의 티라미슈가 필요하지 않았다. 소보로, 슈크림, 바게트, 식빵, 케이크는 생크림 케이크 한 종류면 충분했다. 제일 잘 만드는 초콜릿케이크에 살구 잼을 바른 자허토르테와 독일식 블랙체리 초콜릿케이크인 블랙포레스트는 가격이 조금 비싸다는 이유로 사람들에게 외면 받았다. 피에치노는 더 이상 세상에서 가장 맛있는 사과파이를 만들려고 하지 않았고, 더 이상 빵을 만드는 일에 열정을 다하지 않았다. 아니 열정이 생기지 않았다. 관심도 받지 못한 채 쓰레기통에 버려져야만 했던 것은 단순한 빵 쪼가리가 아니라 그의 열정이었다. 시간은 흘러가고 세상에 무뎌져갔다. 고작 일 년 사이에 성격이 많이 나빠진 것 같았다. 아니 실제로도 나빴다. 피에치노는 그런 자신을 노총각 히스테리라며 비웃었다.

그러던 어느 날부터 사람들이 사과파이를 많이 찾기 시작했다. 처음에는 별로 대수롭지 않게 생각했지만 시간이 지날수록 외국인들이 와서 사과파이를 사 가기 시작한다는 점이 이상했다. 사과파이만 사가는 외국인 무리라니…….

무언가 이상했다. 너무 예민하게 반응하는 건가? 그동안 너무 무리를 했는지도. 내일 하루 쉬어야겠다. 이상한 일이 일어나는 게 아니라 자신이 이상해진 것일 거다. 가게 문을 닫고 '임시 휴업'이라 문에 써놓고 집으로 향했다. 오랜만에 늦잠이나 자야지.

피에치노는 다음날 낮 열한 시가 되어서야 일어났다. 이왕 쉬는 날이니 더 자고 싶었으나 배가 고파서 할 수 없이 일어난 것이었다. 냉장고를 보니 물과 기간이 지난 우유. 커피나 마셔야겠다. 그런데 설탕이 없었다. 옆집에서 빌릴까? 이왕이면 먹을 것도 달라고 하고. 옆집 벨을 눌렀지만 사람이 나오지 않았다. 문 앞에 수북이 쌓여있는 신문. 휴가를 갔나보군. 이러다간 집 털리지.

"하여간, 아주 밤손님보고 집 좀 털어가줍쇼 하네."

신문을 가지고 들어왔다. 어디보자 오늘 신문이……. 물에다 인스턴트커피를 탔다. 윽— 쓰다.

— 아자리아, 세계를 정복하다.

웬 세계정복? 흥미가 생기는 제목이긴 했다. 대부분 이런 기사들은 낚시 기사가 많았다. 하지만 뭐 어떤가. 시간도 많고 할 것도 없는데.

— 홍콩 여류천재작가 아자리아가
『피에치노』라는 작품으로 세계를 정복했다.

피에치노는 자신같이 흔하지 않은 이름이 어떻게 책 이름으로 나왔을까 싶었다. 솔직히 자신의 이름을

피에치노라고 지은 아버지의 작명 센스는 영……. 아
버지의 이름이 피마자인 걸 보면 작명 센스가 없는 게
유전인 듯싶다. 어릴 적 이름 때문에 놀림 받았던 것
만 생각하면……. 신문을 계속 읽어나가던 피에치노
는 손을 부들부들 떨어야만 했다.

　　……작가는 그 사실을 부인하고 있지만 실제
　　로 동명인을 보았다는 사람들이 속출하고 있
　　다. P씨는 한국의 명문대에서 제과제빵을 공
　　부하였으며 호주 애들레이드 시드니에 위치
　　한 세계적인 프랑스 요리전문 학교로 유학을
　　갔다 왔다고 한다. 그는 자신의 동네에 소설
　　속 주인공이 사랑한 '리아트리스'의 이름을
　　따 '리아트XX'라는 빵가게를 차렸는데, 그
　　가 만든 사과파이를 먹고 백마를 보았다는
　　수많은 목격담이 전 세계 수많은 독자들에게
　　지구라트가 실제로 존재할지도 모른다는 희
　　망을 주고 있다……. 과연 황금사과는 진짜
　　로 존재하는 것일까.

기사내용을 읽는데 머리가 백짓장처럼 하얘졌다. 중간 중간 기사내용이 머리에 들어오지도 않았다. 설마 자신의 이야기는 아닐 것이다. 세상에 피에치노라는 이름을 가진 사람이 한 사람만 있는 게 아니고……. 아니 그런데 앞에서 다 말해놓고 뒤에 X자를 쳐놓는다고 신변보호가 되겠냐고. 장난하나 지금. 아니야, 어차피 자신과 관련된 일도 아니니 그런 것에 괜히 신경 쓸 필요 없지. 호주에 유학 갔다 오는 것도 자신만 했겠는가? 그건 수많은 한국 유학생들을 무시하는 짓이야. 암— 그렇고 말고. 잠시 피곤해져서 과대망상과 피해망상이 커진 것뿐이야. 리아트리스라는 빵집이 전 세계에 하나만 있겠어? 사과파이를 만들 줄 아는 게 너뿐이라고 착각하는 거니 피에치노? 수많은 제빵사를 모욕하는 짓을 하다니 네가 너무 힘들어서 미쳤구나. 사실 그동안 느끼지 못했지만 많이 힘들었던 거야, 피에치노. 좀 더 자고 정신 차리자. 한숨 자고 나면 괜찮아질 거야. 피에치노는 다시 고픈 배를 움켜쥐고 이불을 뒤집어썼다.

배고프다……. 배고파서 잠이 안 왔다. 배고픔에 다시 냉장고를 뒤지기 시작했다. 텅 빈 냉장고 야채

칸에 곰팡이가 핀 귤 세 개가 보였다. 아이 씨, 편의
점에 가려면 가게까지 걸어가야 하는데. 귀찮게. 결
국 배고픔이 귀찮음을 이겨서 집 밖으로 나갔다.

　사람들이 기다랗게 줄을 서 있는 모습이 보였다.
무슨 콘서트 있나? 유명한 할리우드 가수라도 오나
보지? 무슨 놈의 줄이 저렇게 길어. 마을을 가득 메
우고 있는 차량과 여러 인종의 사람들. 교황이라도
왔나? 편의점에서 라면을 먹으며 점점 불어나는 줄
을 바라봤다. 세상에나. 살아생전에 사람들이 저렇
게 많이 모여 있는 것은 처음 봤다. 진짜 교황이 왔
나보다. 라면을 다 먹고 교황 얼굴이나 보러 가자 싶
어서 줄을 거슬러 올라가보았다. 그런데 그곳에는
자신의 가게가 있었다. 설마…….

　"하, 하, 하."

　이마에서 땀이 흘러내리고 헛웃음이 왔다. 이봐요.
뭔가 착각을 하신 것 같은데 여기는 바티칸이 아니
라 빵가게 앞입니다. 그리고 임시휴업일이라고 쓴
글씨 안 보여요? 왜 남 장사하는데 와서 난리야. 문
앞에 있던 외국인이 자신을 바라보며 물었다.

　"Piachino?(피에치노?)"

"Yes, what's the problem?(네, 무슨 문제 있나요?)"

"What are the store's hours?(영업시간은 몇 시부터 몇 시까지입니까?)"

"AM 9, PM 11. But today is a day of rest.(아침 아홉 시, 저녁 열한 시. 하지만 오늘은 쉬는 날입니다.)"

맙소사!

설마 모두 빵 살라고 여기 모여 있던 거야? 에이 설마? 설마 거짓말이지? 이 모든 사람들이 다 손님이라고? 설마 『피에치노』라는 소설을 읽고 온 건가. 황금사과가 진짜 있다고 생각하는 거야. 자신의 빵을 사러 온 것이 아니라 황금사과 때문에 왔다는 생각에 팔고 싶은 욕망이 사라졌다. 그래, 이건 꿈이야. 가난한 동네에 빵 하나 사먹자고 온 세계의 인종이 모일 리 없잖아. 무언가 해결책이 필요했다. 어떻게 하면 저들을 돌려보낼 수 있을까. 그때 피에치노의 머리에 기발한 생각이 스쳐 지나갔다. 라마단 기간. 지금은 9월이고, 라마단 기간이 특정 날짜에 정해진 것도 아니니, 라마단 기간이라고 쓰면 저들은 어쩔 수 없이 돌아갈 수밖에 없다.

—Ramadan of time(라마단 기간)

술렁이는 사람들. 그래, 다시 너희들 나라로 돌아 가라고. 뭉쳐서 오지 말고 흩어져서 빵을 사러 오면 예뻐해 주마. 배도 불렀으니 잠이나 자러 가야지. 피 에치노는 어쩌면 자신이 전생에 나무늘보였을지도 모르겠다는 생각이 들었다. 그렇게 집에서 하루를 더 쉬었다.

띵동띵동띵동⋯⋯.

미친 듯이 울려대는 초인종 소리. 새벽 세 시였다. 어떤 미친 새끼야. 이불을 뒤집어썼지만 문 두드리 는 소리가 들렸다. 힘들면 알아서 돌아가겠지. 이불 을 돌돌 말고 귀를 막고 있으니 한동안 조용하다가 목소리가 들렸다.

"계세요? 피에치노 씨."

쾅쾅쾅. 참나— 자기네 문 아니라고 무지막지하게 두드려대네.

"피에치노 씨. 계십니까? 안에 계신 거 다 압니다. 당장 문 여세요. 경찰입니다."

경찰이라⋯⋯. 무슨 죄를 지었다고 경찰이 오긴

와. 소득 신고할 때 조금밖에 변경을 안 했다고. 한 30프로 정도는 애교라고, 애교. 그 정도는 어여삐 봐 달라고.

"왜?"

문사이로 얼굴을 배꼼이 내밀고 물었다.

"지금 동네 주민들이 항의하고 난리도 아니에요. 빨리 파이인지 뭔지 좀 팔아서 저들 좀 내보내요."

"내가 안 팔겠다는데, 왜 지네들이 사겠다고 지랄이야. 지네 나라로 돌아가라고 해."

문을 닫으려 하자 경찰관이 문 사이에 발을 끼워 넣었다.

"악!"

"바보 아니야? 거기다 발을 왜 껴?"

"문을 닫으시려고 그러니깐 그랬죠."

바보 녀석. 한숨을 쉬면서 말했다.

"하여간 지네 나라에서 사먹을 것이지. 왜 남의 나라 와서 난리야."

원래가 순진해 보이는 얼굴인데 자신의 말에 겁은 먹어서 눈이 똥그래졌다. 쉽게 겁을 먹는 걸 보아하니, 경찰이 된 지 얼마 안 됐나 보지? 그런데 자신이

P·i·a·c·h·i·n·o

193

집에 있다는 사실을 알고 있다니…… 관상을 보아하
니 요구르트 아줌마가 좋아하는 얼굴이었다.

"야!"

"네!"

무슨 말을 들었는지 긴장한 모습이 역력했다.

"아줌마한테 받은 거 내놔."

"뭐요?"

순진한 거야, 모자란 거야.

"요구르트."

"아! 예."

빨대까지 꽂아 주다니. 예의 바르기도 하지. 너 마
음에 들었다.

"아줌마가 뭐라고 했냐?"

"네?"

괜찮은 녀석 같은데 역시 조금 모자란 것 같다.

"쯧쯧……. 짜식, 겁먹긴. 내가 잡아먹겠냐. 말해봐."

녀석은 머뭇거리더니 말하기 시작했다.

"저…… 아줌마한테는 말하지 마세요."

"알았어."

"무섭고 깐깐하고 예의 없고 욕 잘하고 싸가지 없

고 싹수가 노랗고 인간 말종에……."

"그만."

왠지 상상이 간다. 이웃들이 그렇게 생각하고 있었다니. 꽤나 충격인데.

"너는."

"네?"

"어떻게 생각해."

"키 크고 잘생기고, 빵가게 하신다면서요. 저 다음에 놀러 가면 공짜로 주실 거죠?"

"잠깐만 기다려."

집 안에서 신문을 가져와 기사를 보이며 말했다.

"나 명문대에 유학파 출신이야."

"쿡쿡쿡, 네."

"야! 웃지 마."

"문종, 천문종이에요."

"얼굴과 다르게 노티 나는 이름이다."

"그런 소리 많이 들어요."

"너, 어디 가서 굶어죽지는 않겠다."

"제가 먹을 복이 많긴 하죠."

모자란 게 아니라 능구렁이였군. 고단수였어. 녀석

은 옆에 우체국 가방을 메고 있었다. 새벽이라 어둡기도 하고 잠이 덜 깨기도 했으니 못 알아본 게 당연했을지도.

"내놔."

"뭘요? 요구르트 하나밖에 없어요."

"그거 말고. 공과금 영수증."

"언제부터 알았어요."

"난 원래 천재라서 다 알아."

천문종은 공과금 영수증을 주고선 죄송하다는 말과 함께 발길을 돌렸다. 어깨가 축 처져서 돌아가는 천문종을 보던 피에치노는 말했다.

"언제 올 거야?"

"네?"

어깨를 움찔하더니 뒤를 돌아봤다.

"대신 공짜는 안 돼."

"네."

"너 몇 살이냐."

스물세 살? 많이 쳐줘도 다섯? 아르바이트 중인가?

"스물아홉이요."

"……형이라고 안 부른다."

생긴 거와 다르게 많이도 먹었군.

"연세가?"

그렇게 늙어 보이나. 노친네도 아니고 연세라니.

"스물일곱."

"말 놔도 돼?"

"이미 놔놓고 무슨. 형 취급 받을 생각은 하지 말고."

"응. 헤헤."

조금 모자란 정도가 아니라 바보일지도. 밝은 목소리로 대답하고 뛰어가다 넘어지더니, 벌떡 일어나서 인사를 하고 다시 뛰어갔다. 역시 조금은 모자란 녀석이었다. 피에치노는 모처럼 기분 좋게 미소 지었다.

이상한 사람이 바라보는 다정한 사람

천문종은 아파트에 우편물을 배달하다가 한 남자를 보았다. 커다란 키에 마른 체격. 조금은 차가운 인상을 가진 남자는 옆집의 초인종을 누르더니 문 앞에 신문이 쌓여 있는 것을 발견하고선 말했다.

"하여간, 아주 밤손님보고 집 좀 털어가줍쇼 하네."

자신의 집으로 신문을 가져가는 남자. 요즘 사람 같지 않네. 순간 어떤 사람일까 하는 호기심이 들었다. 우편물을 다 배달하고 엘리베이터를 타려고 하는 순간, 요구르트 차와 아줌마가 보였다.

"문종, 이리 와봐. 아이고, 배달하느라 힘들지."

요구르트에 빨대를 꽂아 내밀었다.

"먹고살라고 하는 일는 일인데요, 뭐."

엉덩이로 두툼한 손이 올라왔다.

"아줌마, 힘드시죠."

은근슬쩍 아줌마의 뒤로 가서 어깨를 주물렀다. 이 방법이야말로 성희롱도 피하고 요구르트도 계속 먹을 수 있는 일석이조. 꿩 먹고 알 먹고, 도랑치고 가재 잡기 작전이다. 선배들로부터 대대로 내려오는 오랜 삶의 지혜였다. 토닥토닥…….

"아이고— 시원하다. 역시 우리 문종이밖에 없어. 내가 문종이 같은 아들만 있으면."

아니 아들 같다는 남정네 엉덩이를 왜 자꾸 만지십니까. 천문종은 조심스럽게 요구르트 아줌마에게 1203호 사는 남자에 대해서 물었다.

"그런데 1203호, 어떤 사람이에요?"

"갑자기 그건 왜?"

"아니 그냥, 궁금해서요."

"거긴 관심 갖지 마. 그 집 사람은 무섭고 깐깐하고 예의 없고 욕 잘하고 싸가지 없고 싹수가 노랗고 인간 말종에……."

아줌마, 왜 그 사람에 대해서 모르면서 그렇게 말해요. 조금 싸가지 없는 것 같기는 하지만 요즘 사람 같지 않게 옆집에 도둑 들까봐 신문 치워주는 사람이에요. 아줌마는 귀에 입을 가까이 대며 마치 중대한 비밀을 이야기하듯 말했다.

"야쿠자라는 말도 있어."

그렇게 나쁜 사람처럼은 안 보이던데……. 그가 한다던 빵가게 앞에 외국인들이 줄을 서서 가게가 열리기만을 기다렸다. 아니 줄을 서 있는 게 아니라, 사람들로 꽉 차 돌아다닐 공간조차 없어 모두가 서 있는 것이었다. 도대체 몇 명이나 되는 걸까? 바닥에 앉을 수조차 없지만 그들은 자리에서 떠나지 않았다.

마을사람들은 모두 걸어 다니면서 물건을 팔러 다녔다. 더욱 기가 막힌 것은 용변 도우미라는 직업이 생겼다는 것이다. 자리를 떠나지 못해도 볼일은 봐야 했으므로 손을 들면 용변 도우미가 나타나 요강, 휴지, 램프를 주고선 작고 두꺼운 천막을 쳤다. 불과 이틀 만에 마을에 벌어진 놀라운 변화였다. 사람과 사람이 서로 기대서 잠드는 것을 보면 참으로 안타깝다는 생각이 들었다.

하지만 마을사람들은 아니었나보다. 처음에는 돈을 많이 벌 수 있다고 좋아하던 마을사람들도 쓰레기 냄새보다 더 지독한 사람에게서 나는 악취에 힘들어했고, 집밖으로 제대로 돌아다니지도 못한다는 불만을 토로했다. 아무래도 인원이 많다보니 사고와 압사를 방지하기 위해 있는 경찰들도 치친 기색이 역력했다.

"우리 당장 그놈에게 찾아가자고요."

"이게 그 빵가게 주인 때문에 벌어진 일 아니냐고. 왜 파이에다 히로뽕이라도 넣는대? 그거 먹으면 뭐가 보인다고 그렇게들 찾아오는 거라며."

마을사람들은 한 소리씩 하며 찾아가 요절을 내겠다고 난리를 쳤다.

"제가 갔다 올게요."

어디서 용기가 났는지는 모르지만 자신의 말에 아파트 경비아저씨는 '문종이는 믿을 만하지' 라며 맞장구쳤다. 요구르트 아줌마도 옆에서 열심히 맞장구를 쳤다. 내가 사람들에게 이렇게 신임을 받았었나 하고 눈시울이 뜨거워지려는 찰나, 경비아저씨가 말했다.

"문종이가 우리 동수랑 중학교, 고등학교 동창이잖아. 문종이가 육 년 내내 반장이었잖아, 반장. 그리고 우리나라에서 최고로 좋은 대학도 갔잖아. 그런데 우리 동수는 매날 반에서 꼴찌를 했어도 지금 미국에서 벤처인지 뭐시기하는 거 있잖아. 거기 사장님이 우리 동수를 그렇게 아끼잖아. 최고의 인재라나 뭐라나. 차도 사주고 이번에 집도 줬잖아. 저번 여름에 미국에 놀러갔다 왔는데 글쎄 집 안에 수영장이 있는 거 있지. 하여간 우리 동수가 못난 게 아니라 다 우리나라가 인재를 못 알아봐서 그런 거야."

네, 네. 저 우리나라에서 최고로 좋은 명문대학교에 머리가 터져라 공부해 들어가서 우체국 배달부 됐습니다. 매일 우편물 분리하고 배달하는 고급 노동력을 요하는 일을 하는, 나라 밥 먹는 공무원이라고요. 우편 배달하는 게 얼마나 힘든 줄 아세요. 가방도 무겁고 인원수도 적은데 편지는 많지 돌아다닐 범위는 넓고도 광대하니 우리가 하는 일이야말로…… 무간지옥에서 초전박살을 당하여 칠전팔도 하는 일이라고요. 한마디로 개고생이라는 뜻이다.

천문종은 무거운 발걸음을 끌고 아파트 복도를 걸었다. 유난히 크게 들리는 구두 발자국 소리. 아니 땐 굴뚝에 연기 날까. 무서운 사람이라던데 괜찮을까. 후들거리는 다리를 이끌고 앞으로 향했다. 여기까지 왔는데 돌아갈 수 없었다. 시간이 늦었는지라

실례되는 일이라는 것을 알지만 벨을 눌렀다. 띵동 띵동띵동……. 계속되는 벨소리에도 그가 나오지 않았다.

"계세요? 피에치노 씨."

쾅쾅쾅. 어떡하지? 해결 못하면 아줌마 아저씨가 여기로 쳐들어올 텐데.

"피에치노 씨, 계십니까? 안에 계신 거 다 압니다. 당장 문 여세요, 경찰입니다."

거짓말이긴 하지만 어쩔 수 없어요. 이게 다 당신을 위한 거라고요. 오히려 저에게 고마워해야 한다고요.

"왜?"

그가 문 사이로 얼굴을 배꼼이 내밀었다. 우와— 속눈썹 되게 길다. 코도 높고 얼굴도 작네. 외국인 같다. 혼혈아인가? 멀리서 볼 때도 잘 생긴 것 같더니만 가까이서 보니 더 잘생겼네. 모델 같다. 왜 이렇게 잘난 사람이 빵집 같은 걸 하냐. 연예인이나 하지.

"지금 동네 주민들이 항의하고 난리도 아니에요. 빨리 파이인지 뭔지 좀 팔아서 저들 좀 내보내요."

제발 그래주세요. 안 그러면 당신이 위험하다고요.

"내가 안 팔겠다는데, 왜 지네들이 사겠다고 지랄이야. 지네 나라로 돌라가라고 해."

그가 문을 닫으려 해 다급한 마음에 문 사이에 발을 끼워 넣었다.

"악!"

"바보 아니야? 거기다 발을 왜 껴!"

무지 아프다. 너무 아파서 눈물이 찔끔 나왔다. 말은 험하게 해도 자신을 걱정하고 있다는 게 눈에 보였다. 역시 나쁜 사람은 아닌 듯했다. 그런데 왜 사람들은 그를 나쁜 사람으로 알고 있을까.

"문을 닫으시려고 그러니깐 그랬죠.

그는 한숨을 쉬더니 말했다.

"하여간 지네 나라에서 사먹을 것이지, 왜 남의 나라 와서 난리야."

역시 요구르트아줌마 말대로 욕은 잘하는 것 같다. 성격도 더러운 것 같고. 좀 까칠한 것 같기도 하고.

"야!"

"네?"

"아줌마한테 받은 거 내놔."

"뭐요?"

"요구르트."

아줌마, 야쿠자가 아니라 독심술사 같은데요.

"아! 예."

"아줌마가 뭐라고 했냐?"

"네?"

"쯧쯧……. 짜식, 겁먹긴. 내가 잡아먹겠냐. 말해봐."

"저……. 아줌마한테는 말하지 마세요."

"알았어."

"무섭고 깐깐하고 예의 없고 욕 잘하고 싸가지 없고 싹수가 노랗고 인간 말종에……"

"그만."

충격을 먹은 듯한 표정을 지은 그는 자신을 어떻게 생각하냐고 물어왔다.

"너는?"

"네?"

"어떻게 생각해."

"키 크고 잘생기고, 빵가게 하신다면서요. 저 다음에 놀러 가면 공짜로 주실 거죠?"

"잠깐만 기다려."

그가 집 안으로 들어가 신문을 가져오더니, 기사를

보이며 말했다.

"나 명문대에 유학파 출신이야."

신문을 가지고 와서 자랑을 하는 그. 칭찬해 달라는 듯한 어린아이 같은 모습이 너무도 귀여웠다. 덩치만 컸지 아직 어린아이인 듯.

"쿡쿡쿡, 네."

"야! 웃지 마."

"문종. 천문종이에요."

"얼굴과 다르게 노티 나는 이름이다."

"그런 소리 많이 들어요."

"너, 어디 가서 굶어 죽지는 않겠다."

"제가 먹을 복이 많긴 하죠."

"내놔."

"뭘요? 요구르트 하나밖에 없어요."

"그거 말고, 공과금 영수증."

갑작스런 그의 말에 놀라 가방을 바라봤다. 바보. 여기 오는데 왜 가방을 가지고 왔냐.

"언제부터 알았어요."

"난 원래 천재라서 다 알아."

많이 실망했겠지. 다시는 못 볼지도. 뒤돌아서서

걸어가는데 그가 말했다.

"언제 올 거야."

"네?"

"대신 공짜는 안 돼."

"네."

"너 몇 살이냐."

"스물아홉이요."

"……형이라고 안 부른다."

자신보다 어린가 보다. 특별히 삭아 보이지는 않았지만 뭐랄까, 분위기가 어른스러웠다고 할까.

"연세가?"

아차, 실수! 연세라니.

"스물일곱."

자신의 실수에 신경도 안 쓰는 듯 보였다.

"말 놔도 돼?"

"이미 놔놓고 무슨. 형 취급 받을 생각은 하지 말고."

"응. 헤헤."

그의 말을 듣고 신이 나서 뛰어가다 넘어졌지만, 일어나서 인사를 하고 다시 뛰어갔다. 뒤에서 그의 웃음소리와 함께 '뛰어가다 넘어진다' 라는 말이 들렸다.

역시 그는 다정한 사람이었다. 돌아가는 척 벽 뒤에 숨어있다 그가 집으로 들어가는 모습을 지켜보았다. 어디선가 본 것 같은 익숙한 뒷모습. 그건 아마도 일 년 전, 우편 배달하러 빵집 뒤를 지나가다가 쓰레기통에 초콜릿 케이크를 버리며 바닥에 어린아이처럼 울고 있었던 남자의 뒷모습을 닮았기 때문일 것이다. 무엇이 그를 그렇게 다른 모습으로 만들었을까.

아참! 내일 가게에 나오라는 말 안 했다. 어떡하지? 결국 천문종은 아침 여섯 시에 다시 찾아가 잠을 든 피에치노를 깨워야 했고, 화가 난 피에치노는 천문종에게 빵집에서 무보수로 하루 동안 일을 할 것을 요구했다. 국장님한테 뭐라고 말하고 빠지지? 앞일이 막막하다. 할머니 제사라고 할까? 그건 두 달 전에 써 먹었고. 할아버지 제사? 아버지가 교통사고 났다고 할까. 이러다 온 가족 말살되겠군.

순간 머릿속에 좋은 생각이 떠올랐다. 피에치노 씨, 절 하루 고용하게 되신 걸 후회하실 겁니다.

"국장님, 저 오늘부로 일 그만둡니다."

"이봐, 갑자기 그만두면 우리는 어떡……"

아침 일찍 국장에게 전화를 걸어 일방적인 통보를

한 후에, 국장의 말을 듣지도 않고 전화를 끊었다.

천문종은 사악해 보이는 웃음을 지으며 말했다.

"손님이 아까 보니깐 조금 더 늘어서 적어도 오만 명은 넘는 것 같던데. 역시 내가 취업 자리는 잘 골랐다니깐."

떡 줄 사람은 생각도 않는데 김칫국부터 마신다고 이미 취업을 한 마냥 즐거워 보이는 모습.

"꺄꺄꺄꺄, 이젠 난 부자다."

피에치노 예상대로 순해 보이는 얼굴과는 반대로 속에는 능구렁이 백 마리가 꿈틀대고 있을지도.

황금사과로 만들지 않은 파이에는
무엇이 들어 있을까

피에치노는 가게로 걸어가면서 선잠을 자고 있는 그들을 바라보았다. 아마 저들은 자신의 이름과 같은 책을 읽고 여기에 찾아왔을 것이다. 안타깝게도……. 정말로 황금사과라는 게 있다고 믿는 거야? 진짜로 신이 있다고 믿어? 소설 하나를 읽고 다른 나라로 파이 하나 사자고 찾아오는 그들을 이해할 수 없었다. 자신을 보자 표정이 밝아지는 그들. 가게 문에 표지판을 붙였다.

— Gold apple do not exist.
　(황금사과는 존재하지 않는다.)

문에 있는 글에도 동요를 하지 않는 그들. 과연 그들의 믿음은 어디에서 왔을까. 재료를 보아하니 백여

명분. 어제 주문한 게 올 때가 됐는데 오지 않고 있었다. 어떻게 된 거지? 밖으로 나가 보니 트럭들이 사람들에게 둘러싸여 움직이지 못하고 있었다. 이런 쌍— 욕 나오게 만드네. 피에치노는 크게 소리 질렀다.

"야, 이 잡것들아. 재료가 와야지 너희들이 처먹을 거 아니냐, 비켜."

자신의 말을 들은 사람들이 트럭에게 길을 비켜줬다. 역시 욕은 어느 나라 사람에게나 통하는 세계 공통 언어인 듯. 트럭들이 가게 앞에 도달하자 운전수들은 울상이 되어 더 이상 못하겠다고 말했다.

"야, 저게 보이냐."

피에치노는 사람들을 가리키며 말했다.

"네."

"제게 바로 다 돈이야, 돈. 잔말 말고 더 갖고 와. 최대한으로 말이야."

"돈은요."

"내가 떼먹겠어? 엉? 내가 그런 놈으로 보이냐고."

눈에 힘을 주고 말하니 운전수들은 투덜거리면서도 트럭을 몰고 나갔다. 가게에 들어와 천문종에게 사과를 씻고 껍질을 벗겨서 심을 빼는 일을 하라고 시켰다.

"하지만 전 사과 껍질 못 벗기는데요."

"하여간, 애가. 우리가 어느 시대에 살고 있냐. 문명의 시대 21세기. 잘 봐. 무식하긴. 이것이 사과를 깎는 기계라는 것이다. 끼고 돌려라."

사과 깎는 기계를 신기한 듯 바라보는 천문종. 무식한 자식.

"사과 씻은 것은 빨간 통. 껍질 벗긴 것은 파란 통. 심 뺀 것은 노란 통."

피에치노의 말을 들은 천문종은 바닥에 쪼그려 앉아 사과를 다듬었다. 설마 이런 조그만 마을에서 오븐 네 개를 모두 사용하게 될 줄이야. 세상은 일이란 알다가도 모르겠다. 왜 이런 노래도 있지 않은가. '세상은 요지경, 요지경 속이다.'

"쿡쿡쿡."

"왜 웃어, 새끼야."

"전 사장님 새끼라기에는 사장님보다 나이가 더 많고요. 노래, 즐거우신가 봐요."

속으로 부른다는 게 입 밖으로 나왔나보다.

"그런데 내가 왜 네 사장이냐?"

"그래도 하루 고용하신 거잖아요."

"일당은 없어."

"네, 물론이죠."

일당이 없다는데도 실실거리는 녀석. 정말 이상한 녀석일지도. 피에치노는 파이를 만들어 오븐에서 구워지는 모습을 의자를 갖다놓고 앉아 지켜봤다. 조금씩 부풀어 올라 맛있는 냄새를 풍기고 갈색 윤택이 나기 시작하는 모습들. 처음 빵을 만들었을 때는 그 모습이 뭐가 그리 신기고 재미있었는지 하루종일 그 과정을 바라봤다. 그 시절에는 하루에 세 시간 이상 잠을 잔 적이 없었다. 항상 새벽에 몰래 학교주방에 가서 빵을 만들다 걸려서 혼나곤 했다. 거기다 바보같이 예전에는 이스트를 넣지도 않고 반죽이 오븐에서 부풀어 오르지 않아 어찌나 당황했던지. 당연히 부풀지 않는 게 정상이지만 그때는 그걸 몰라 고생을 심하게 했다. 또 숯처럼 새까맣게 태워먹을 때도 많았다. 지금이라면 상상도 못할 바보짓을 해놓고 왜 실패했는지 몰라서 눈물을 흘렸던 적도 많았다.

한번은 새벽에 학교주방에 몰래 숨어들어 사과파

이를 만드는데, 세상에서 가장 맛있는 사과파이가 만들어지지 않아 울고 있었을 때이다. 그 시절, 그게 어찌나 서럽던지. 바닥에 주저앉아 어린아이처럼 울고 있는데 복도를 지나가시던 교수님이 자신의 울음소리를 듣고 주방으로 들어왔다. 그 당시 별로 와인에 대해 관심이 없어서 자주 강의를 빼먹곤 했던, 와인에 대해서 가르치던 교수님이었다. 교수님이 자신의 옆에 앉더니 말을 걸었다.

"네가 그 유명한 새벽의 사과파이 유령이구나. 왜 여기서 울고 있지?"

"세상에서 가장 맛있는 사과파이를 만들고 싶었는데 그게 안 돼요."

교수님은 피에치노가 만든 사과파이를 한입 베어 먹더니 말했다.

"세상에서 가장 맛있다는 것은 주관적인 거야. 적어도 내가 지금까지 먹어 본 사과파이 중에서 이 파이가 가장 맛있구나. 그런데 넌 와인 중에 최고의 와인이 어떤 건줄 아니?"

"아니요."

"그건 말이야, 마시는 사람이 맛있으면 되는 거야.

저렴하기까지 하면 최고지."

"하하하, 엉터리."

그 뒤부터 빵을 만들 때 실수를 안 하게 된 것 같다. 아니 어쩌면 그동안 실수를 하도 많이 해서 살아생전에 할 실수까지 모두 해버린 것일지도 모르지. 그렇게 해서 졸업할 때쯤에 와인과목 점수를 A+를 받으면서 수석으로 졸업할 수 있었다. 오랜만에 옛 생각에 빠져 있던 피에치노는 천문종의 목소리에 정신을 차렸다.

"사장님, 얼마씩 받아요."

"하나에 만 원."

뭐 원래 삼천 원짜리 파이를 만원에 팔아먹는다는 게 양심에 찔리기는 하지만, 하루 안에 배달해달라고 하니 여기저기 안 된다며 거절을 했다. 결국 고생 끝에 거래를 한 곳도 평소 사던 가격의 세 배를 요구했다. 그러니 만 원이면 오히려 적게 받는 거라고. 진열장에 사과파이를 놓자마자 사라져갔다. 끊임없이 만들어도 줄어들지 않는 사람들. 좁은 가게 안은 사람들로 붐비고 주방은 오븐의 열기 때문에 땀이 비 오듯 쏟아졌다. 가을에 선풍기를 틀다니. 여름에

도 전기세 아낀다고 안 켰던 자신이 말이다.

막막했다. 도저히 불가능했다. 이놈의 빵가게를 팔아버려야지 원. 아니 경찰들은 왜 저 사람들을 자기네 나라로 돌려보내야지 그냥 지켜만 보냐고. 죽을 것 같다……. 최초로 빵 만들다 죽은 사람 나오겠군. 갑자기 주방에 들이닥친 사람들. 옆 마을사람들이란다. 자기네 마을까지 사람들이 들이닥쳤으니 책임을 지란다.

저보고 어떻게 하라고요. 전 저들이 왜 이곳에 왔는지도 모르겠고, 무엇을 원하는지도 모르겠어요. 멱살을 붙잡고 흔드는 사람들. 거기다 어느새 왔는지 마을사람들까지 합세해서 달려들었다. 책임자라는 사람은 멱살을 흔들어댔다. 주방 밖에는 사람들이 파이를 차지하기 위해 치열한 몸싸움을 벌이고 있었다. 지옥을 빠져 나오기 위해 발버둥치는 악귀 같은 모습. 온몸에 있는 힘이란 힘은 다 빠졌다. 어째서 이런 말도 안 되는 일이 자신에게 일어났을까. 이럴 때는 어떻게 해야 하지. 어떻게 해결을 해야 할까. 마을사람들은 책임지라고 고래고래 소리를 질렀다. 피에치노는 멱살이 잡힌 옷을 빼며 말했다.

"야! 이 자식아 책임져."

"책임지죠."

자신의 말에 당황해하는 모습.

"응? ……어떻게 책임질 건데."

"가게를 그만두겠습니다."

새파랗게 질려버린 천문종의 얼굴. 그렇게 충격적인 말인가.

"내 일자리……."

"오늘 부동산에 가게를 내놓겠습니다. 아니 지금 당장 할까요?"

자신의 말에 금방 수그러지는 그들.

"아니, 우리는 그런 게 아니라, 굳이 그렇게까지는 안 해도 되는데."

말을 어물거리며 사라지는 마을사람들. 근본적으로 나쁜 사람들은 아닌 듯하다. 피에치노는 주방에서 계속 빵을 만들었다. 천문종이 눈치를 보더니 물어왔다.

"사장님, 정말로 가게 그만두실 거예요?"

"응."

그 대화를 마지막으로 둘은 아무런 대화도 나누지

않았다. 밖에서 들리는 와자지껄함과 반대로 주방 안은 조용하기만 했다. 그런데 그 고요함은 노란색 옷을 입은 어느 아줌마에 의해서 깨졌다.

"피 총각, 나야."

요구르트 아줌마 손에는 요구르트 담은 봉지가 들려 있었다.

"더운데 힘들지."

요구르트에 빨대를 꽂아서 내밀었다. 물끄러미 바라보고 있자 요구르트를 손에 쥐어주며 말했다.

"너무 서운하게 생각하지 마. 살다보면 그럴 수도 있고 저럴 수도 있는 거고. 좋은 게 좋은 거야."

무슨 말인지 이해할 수 없었다. 유학 갔다 온 사이에 생긴 말인가.

"부끄러워하지 말고, 빨리 들어오라고."

요구르트 아줌마의 말에 쭈뼛거리며 들어오는 아줌마들.

"아니, 이놈의 여편네들이 한바탕 해놓고 걱정을 하고 있더라고. 그래서 내가 데려왔지."

"⋯⋯."

"남정네들은 사과를 더 구해본다고 차 타고 나갔

고 우린 주방 일 도와주려고 왔지. 아이고, 문종아 이리 나와, 우리가 할께."

"제가 해도 되는데요."

순간 천문종은 위기의식을 느꼈다. 잘못하면 해고 당할지도 몰랐다. 아줌마들은 그런 천문종이 사과 깎는 모습을 보며 말했다.

"애들 장난감도 아니고 그 돌돌 돌리는 게 뭐냐."

"아따, 감질 맛도 안 나겠구먼."

"그냥 칼로 팍팍 깎아야 제 맛이지."

"이건, 문명의 시대 21세기에 살고 있는 최첨단 사과를 깎는 기계예요. 끼고 돌리면 껍질이 벗겨진다고요."

천문종의 말을 무시한 채 아줌마들은 엉덩이로 천문종을 밀어버리고 말했다.

"최첨단은 무슨, 애들 장난감이구만."

"자고로 사과란 깎는 맛이 중요한 것이여."

식칼로 몇 번 쓱쓱 깎으니 사과가 모두 깎여 있었다. 새삼 아줌마들의 위력은 대단하구나 하는 걸 느끼던 피에치노는 천문종이 자신을 울 것 같은 표정으로 바라보는 것을 보았다. 왜 저러는 거지, 아줌마

P·i·a·c·h·i·n·o

219

들을 보자.

요구르트 아줌마가 피에치노에게 말했다.

"설마, 예전 일로 맹꽁이처럼 삐져 있는 거 아니지. 알았어, 내가 한 달 동안 요구르트 공짜로 넣어줄게. 그걸로 우리 과거를 청산하자고."

그냥 처다본 건데 그동안 찔리는 게 많으셨나 보다. 뭐 나야 공짜로 얻어먹으니 좋지.

"문종이는 계산대 봐."

피에치노의 말에 천문종이 좋아라 뛰어가며 아줌마들에게 말했다.

"사과 씻은 것은 빨간 통. 껍질 벗긴 것은 파란 통. 심 뺀 것은 노란 통이요."

오호라— 그런 것이었군. 떡 줄 사람은 생각도 않는데 김칫국부터 마신다고 이번 기회에 아예 이곳에 눌러 앉으려고. 음— 적어도 심심하지는 않을 테니 괜찮을지도. 피에치노는 오븐을 바라보면서 웃음을 지었다. 세상일은 아무도 알 수 없다고. 나쁜 일만 있는 것은 아닌 듯했다. 꽤 괜찮았다. 아니 무척 마음에 들었다. 오랜만에 기분 좋게 웃음을 짓고 있는데 옆에서 비명 소리가 들렸다.

"오메 심장이 벌렁벌렁— 피군, 자주 좀 웃고 다녀라. 잘생긴 얼굴이 산다 살아."

"맞아, 나 피군 팬 될까봐."

"내가 십 년만 젊었어도……."

볼을 불그스름하게 물들이는 아줌마들. 주머니에서 실핀을 꺼내 깻잎머리를 만들었다. 여자는 아무리 나이가 들어도 사랑 앞에서 떨어지는 가랑잎을 보고도 웃는 소녀가 될 수 있었다. 계산대에서 아줌마들의 얘기를 듣던 천문종이 조용히 혼잣말을 했다.

"십 년 젊어가지고는 어려울 듯한데."

"문종아, 뭐라고?"

아줌마들이 주방에서 소리쳤다.

"아니에요, 혼잣말이었어요."

안에서 못 들은 게 천만다행으로 천문종의 수명을 늘린 것일지도.

"아참, 사장님. 프랑스 요리 배우셨다면서요. 그럼 와인도 아시겠네요."

"응."

"와인 좋은 걸로 추천해주세요."

"왜?"

"영업 끝나고 마시자고요."

"네가 사는 거야?"

"당연히 돈 많은 사장님이 사는 거죠."

"난 와인 마신단 적 없어."

"알았어요, 그럼 사장님은 케이크 제공하세요."

"그러지."

"와인은 어떤 게 좋은 거예요?"

"마시는 사람이 맛있는 거. 저렴하기까지 하면 금상첨화고."

"에이— 엉터리."

피에치노는 예전의 자신과 똑같이 반응하고 있는 천문종에게 웃으며 말했다.

"예전에 와인 과목 교수님이 그랬다고. 케이크는 어떤 걸로 할래?"

천문종은 그가 쓰레기통에 버리며 울던 케이크가 생각났다.

"초콜릿 케이크요. 체리가 듬뿍 들어간."

"현명한 판단이야. 내가 제일 잘 만드는 케이크거든."

"끝나고 파티 하는 거야? 우리도 껴달라고."

주방에서 들리는 아줌마들의 목소리. 파티는 사
람이 많을수록 재미있으니깐. 너무 많은 거는 빼고
말이다.

뜻하지 않은 행동은 행운을 불러오고

피에치노가 다음날 가게에 나오니, 천문종이 빗자루로 가게 앞을 쓸고 있었다. 자신이 가게 안으로 들어가도 천문종은 어물거리며 눈치만 볼 뿐 들어오지 않는다.

"뭐해, 들어와."

"헤헤헤."

바보 같은 녀석. 그날도 동네 아줌마들은 빵집에 와서 도와줬고 정신없이 파이를 만들어댔다. 어제 나갔던 동네 아저씨들이 여러 대의 트럭에 사과를 싣고 돌아왔다. 태백, 청송, 강원, 대구…… 우리나라 방방곡곡을 돌아다니며 사과란 사과를 모조리 사들여왔다고 자랑하는 그들.

어휴— 이러다 사과 값 오르는 거 아니야? 피에치노는 나름대로 지금의 생활이 마음에 들었다. 오븐

앞에서 땀을 흘리며 빵이 구워지는 모습을 보는 것
도, 이웃들과 인사를 나누고 얘기를 나누며 웃고 떠
드는 것도. 예전이라면 불가능했던 일들. 어째서 계
속 자신에게 불가능한 일들이 계속 일어나는지는
모르지만 그리 싫지만은 않았다. 아니 오히려 좋았
다. 요즘은 계속 불가능의 연속을 겪다보니, 가게
밖에서 서 있는 사람들의 심정이 이해가 갔다. 아마
도 그들에게도 나름대로의 사정이 있겠지. 그들도
자신이 겪었던 것처럼 이런 이상한 일들을 겪었던
것일까.

　피에치노는 어제 일이 끝나고 힘든 몸을 이끌고
서점에서 『피에치노』라는 책을 사서 읽어 보았다.
저들이 자신에게 무엇을 원하는지 알고 싶었기 때
문이다. 소설의 내용은 너무도 허구적이며 과장되
었으나…… 감동적이었다. 마지막 리아트리스가 죽
는 장면에서는 너무도 울어 아직도 머리가 찡했다.
지금도 그 생각만 하면 숨을 쉴 수 없을 정도로 슬
펐다. 소설 속 피에치노가 진짜 자신일지도 모른다
는 착각마저 들었다. 하지만 소설은 소설일 뿐. 요
즘은 너무 비현실적인 일들을 겪으니까 그럴 생각

이 들었을 것이다.

멍하니 오븐을 바라보고 있는데 이상하게 눈길이 가는 파이가 있었다. 더 맛있어 보이고, 더 특별해 보이는. 세상에 하나밖에 없어 보이는 것. 유난히 눈에 띄는 것. 뚫어져라 그 파이만을 바라보았다. 어쩌면 그동안 자신이 그토록 바라던 그 파이일지도 모르겠다는 생각이 들었다. 시간이 다 되어 오븐에서 꺼니 그 파이만 유독 색깔이 황금빛깔로 윤택이 도는 게…… 꿀꺽, 침이 넘어갔다. 장사고 뭐고, 모두 다 때려치우고 당장 먹고 싶었다.

"사장님, 뭐하세요."

천문종의 말에 피에치노는 오븐에 반죽해 놓은 것을 넣고 말했다.

"네가 오븐 보고 있어. 내가 계산대 보고 있을게."

"저 오븐 볼 줄 모르는데요?"

피에치노는 천문종의 말을 무시하고 계산대의 자리를 빼앗았다. 파이를 먹으려는 순간, 누군가가 말을 말했다.

"你好.(안녕하세요.)"

뭐라고 씨부렁거리는 거냐. 꾀죄죄한 게 영 꼬라지

가 말이 아니었다.

"認識你我很高興.(만나 뵙게 되어 기쁩니다.)"

뭐라는 거냐. 어차피 파이 사러 왔으면 돈이나 두고 가라고.

"這個多少錢?(이건 얼마에요?)"

자신이 먹으려는 파이를 뚫어지게 쳐다보다가, 손으로 가리키며 뭐라고 말했다. 사려고 하나?

"This pie is mine.(이 파이는 내 거야.)"

그 남자는 주머니에서 돈을 꺼내 보였다. 백 원이라 쓰인 지폐. 중국 사람인 듯. 그는 백 원짜리 지폐 열 개를 내밀었다. 천 원? 아니 이 사람 장난하나?

"문종아, 손님 가신단다."

천문종이 가게에서 내쫓으려 하자, 그 남자가 뭐라고 쌀라쌀라 말을 하더니 불쌍한 표정을 지으며 말했다.

"Please.(부탁합니다.)"

젠장. 마음이 약해지잖아. 그래. 나의 최고의 걸작을 아주 싸게 팔아주지. 피에치노는 손가락을 다 펴고 두 번 흔들었다. 이 정도면 포기하겠지.

"Ten?(10?)"

"No.(아니.)"

"Twenty?(20?)"

"No.(아니.)"

"And how much is that?(그럼 얼마입니까?)"

"One million won.(백만 원.)"

피에치노의 말을 들은 남자는 사색이 되었다. 옆에서 듣고 있던 천문종도 마찬가지였다.

"백만 원이 비싸다고? 천만의 말씀. 최고급 레스토랑에 가면 이보다 작은 빵조각을 몇 백만 원씩 주고 사먹는 사람도 쌔고 쌨다고. 여긴 최고급 레스토랑이 아니라 가난한 동네의 작은 빵가게라고? 하지만 난 그들보다 더 맛있게 만들 자신이 있다고. 그리고 장인정신이 있잖아. 이건 내 생애 최대의 걸작이라고. 백만 원 정도면 싸게 받는 거라고. 아저씨, 이 파이는 그냥 포기하고 다른 파이를 사라고요."

피에치노가 천문종에게 이야기하는 사이, 남자는 손에 있던 파이를 낚아채고 도망갔다. 계산대에는 수북이 지폐가 쌓여 있었다. 피에치노는 도망치는 남자를 보며 '도둑 잡아라!'를 외쳤다. 천문종은 그런 피에치노를 한심하게 바라보며 말했다.

"사장님, 바보죠."

"그래. 바보같이 도둑맞다니."

"도둑은 무슨. 돈 냈잖아요."

"다 세어도 십만 원 정도밖에 안 되겠다."

"중국이랑 우리랑 환율을 생각해야죠."

"맞아. 중국이 우리보다 물가가 낮다니까. 십만 원도 안 되겠다."

"중국돈 백 원짜리 한 장이 우리나라 돈으로 만오천 원이나 한다고요."

"……."

"어쩌면 우리 사기죄로 잡혀갈지도 몰라요. 사장님 빨리 돌려주고 오세요."

"돌려주고 싶어도 안 보이는데 어떡해."

울고 싶었다. 환율이라고? 아니, 물가도 우리나라보다 낮다는 나라가 백 원짜리라면서 우리나라 돈으로 만 오천원 돈이라니. 그 남자가 주고 간 돈을 다 계산해보니 우리나라 돈으로 천오백만 원이었다.

"아니야, 우린 예술을 판 거라고, 예술. 장인정신을. 피카소나 미켈란젤로의 작품 같은 예술품을 판

거라고. 그러니 사기가 아니야."

　불안감에 중얼거리던 피에치노는 천문종에게 그런 말을 하면서 진지하게 자수할까 하는 생각을 했다. 왜 있지 않는가. 자수해서 광명 찾자. 자수하면 복무기간을 줄여주나.

잠자는 고집쟁이 공주를 위하여

리넘(나는 당신의 친절에 감사합니다)은 홍콩 최고의 부자이다. 하지만 그는 아프리카 수면병이라는 병으로 그의 아내를 일찍이 잃어야만 했고, 지금 이 순간도 자신의 사랑하는 딸을 그 병으로 인해 잃을 위기에 처해 있다. 갈색머리의 주근깨 소녀는 어느새 엄마를 닮아가 아름다운 숙녀가 되어가고 있었다. 그런데…… 그녀를 잃게 했던 병이 딸까지 앗아가려고 한다. 그에게는 희망이 필요했다.

딸이 쓴 소설에 등장하는 피에치노. 그 피에치노가 진짜로 존재한다는 말을 들었다. 그리고 그곳에서 사과파이를 사 먹은 이들이 백마를 보았다고 했다. 어쩌면 항상 딸아이가 말했던 것처럼 황금사과가 진짜로 존재할지도 모른다는 생각이 들었다. 리넘은 결국 황금사과로 만든 파이를 사기 위해 그곳을 찾아갔다. 이미 그곳에는 사람들이 너무 많아 가게가 어디 있는지조차 보이지 않았다. 파이를 사서 돌아가기도 전에 딸이 죽을 것 같았다.

결국 리넘은 사람들에게 돈을 조금씩 주면서 앞자리로 옮겨갔다. 점점 앞자리로 갈수록 사람들이 부르는 돈의 액수가 커져만 갔다. 수행원들은 건물과 건물 사이에 줄을 매달아서, 가방에 든 돈이 떨어지면 가방을 보내는 식으로 돈을 조달해줬다. 마치 미국 할렘 가를 보는 것처럼 엉망인 이곳. 씻지도 않지도 못하는 끔찍한 곳이었다. 가게가 드디어 보이고 리넘은 앞 사람에게 돈을 주며 자리를 양보하길 권했다. 하지만 그는 화를 내며 거절했다. 다급한 리넘은 돈을 더 주겠다며 딸이 아프다고 애원을 했다.

"딸아이가 아파요. 제발 부탁드립니다. 돈은 충분히 드릴 테니 자리를 양보해주세요."

그는 리넘을 보며 말했다.

"당신 딸만 아픈 게 아니야. 우리 딸도 아프다고. 말기 암이야. 오늘내일 하는 아이라고. 언제 죽을지 모르는 아이를 두고 당신에게 양보라고?"

그의 딸도 아프단다. 그의 딸도 죽어간단다. 여기

있는 모두가 이런 이유가 있어서 모였겠지. 자신이 돈을 주며 그들을 기만하며, 그들의 희망을 짓밟으며 온 것이겠지.

"아내를 잃었습니다. 딸아이도 같은 병으로 잃고 싶지 않습니다. 제발 부탁드립니다."

"쳇! 얼른 앞으로 가요. 당신 딸도 많이 아픈 모양인데 빨리 낫길 바래요."

"죄송합니다, 죄송합니다."

죄를 짓는 마음으로 앞자리로 나아갔다. 아마 그의 딸도 아파서 자신을 외면하지 못했겠지. 그렇게 해서 들어간 가게 안 진열장에는 사과파이들이 가득했다. 하지만 그가 원하던 게 아니었다. 다른 것, 그가 찾고 있는 것은 다른 것이었다. 그때 계산대에서 황홀한 듯 사과파이를 바라보고 있는 한 청년을 발견했다. 리넘은 그가 피에치노라는 것을 알아차렸다. 그의 손에 들려 있는 것이 바로 자신이 찾던 것이었다. 그에게 다가가 말을 걸었다.

"你好. (안녕하세요.)"

"認識你我很高興.(만나 뵙게 되서 기쁩니다.)"

자신의 말에 신경도 쓰지 않는 그.

"這個多少錢?(이건 얼마예요?)"

그의 손에 있는 파이를 손가락으로 가리키며 가격을 물었다.

"This pie is mine.(이 파이는 내거야.)"

자신의 파이라면서, 파이를 바라보는 눈에 지독한 소유욕이 담겨 있었다. 역시 이 파이가 황금사과로 만든 파이가 틀림없었다. 파이 가격으로 천 원(한국 돈 천오백만 원)을 제시했다.

"문종아, 손님 가신단다."

그가 뭐라고 하자 종업원이 나와 자신을 내쫓으려 했다. 가격이 마음에 들지 않은 듯했다. 역시 초반이라 가격을 너무 낮게 잡아서인 듯싶었다. 그에게 꼭 사고 싶다고 말하며 부탁을 했다.

"Please.(부탁합니다.)"

그는 자신의 말을 듣고 알았다는 듯. 손가락을 다 펴고 두 번 흔들었다.

"Ten?(10?)"

"No.(아니.)"

"Twenty?(20?)"

"No.(아니)"

"And how much is that?(그럼 얼마입니까?)"

"One million won.(백만 원.)"

백만 원? 맙소사! 너무도 비쌌다. 처음 가져온 돈
도 칠십만 원이었다. 지금 남은 돈이라고는 십만 원.
결국 그가 종업원과 얘기하는 사이 남은 돈을 계산
대에 놓고 손에 있던 파이를 낚아채 도망쳤다. 난생
처음 해보는 도둑질. 돈이야 벌어서 천천히 갚으면
된다. 가게를 빠져나와 파이를 입에 넣었다. 맛을 볼
생각은 없었지만 너무도 맛있어서 감격스러웠다. 어
떻게 사과 따위가 이런 경이로운 맛을 낼까. 아마도
황금사과로 만들어서이겠지. 감동에 가슴이 벅차올
랐다. 눈물을 흘리며 먹는데 어느새 커다란 나무 앞
에 존재하는 자신을 발견했다. 나무 밑에 앉아 있던
곱슬머리 남자는 자신을 내려다보며 말했다.

"세상에서 가장 맛있는 사과파이를 먹었나?"

"네."

자신의 대답에 만족스런 표정을 지은 그가 말했다.

"너의 딸을 살려주마. 대신……"

"대신?"

그의 말을 들은 리넘은 이해할 수 없었다. 왜 그런

일을 시켰을까. 어려운 일은 아니지만. 아무렴 어떤
가. 딸아이만 살려준다면야. 그에게 작별인사를 하
자 집에 도착해 있었다. 딸의 방으로 뛰어가 보니 아
이가 보이지 않았다. 그렇다면……. 식당으로 달려
가자 언제나처럼 초콜릿 케이크를 먹고 있는 딸아이
가 보였다. 자신을 바라보며 환하게 웃는 아이.

"아빠도 먹을래?"

"그럴까."

드디어 그의 고집스러운 잠자는 공주가 잠에서 깨
어났다.

早安!(안녕-아침인사) 리아트리스!

막이 내리고 연극이 끝나면, 무대 뒤에서 배우들이 만난다

피에치노는 파이를 터무니없는 값으로 판 다음날, 도저히 빵집에 출근을 할 수 없었다. 혹시 경찰들이 와 있으면 어떡하지. 집에 있는 커튼이란 커튼은 다 쳐놓고 이불을 뒤집어쓰고 있었다. 그때 전화벨이 울렸다. 띠리리리— 전화를 받고 아무 말도 안 하자 수화기 너머로 어머니의 목소리가 들려왔다.

"피에치노, 김치 가지러 와라. 곰탕도 고아 놨다."

"이따가 가지러 갈게요."

긴장이 쭉 빠졌다. 아직 어머니는 자신의 소식은 모르는 듯하다. 집 안을 왔다 갔다 하고 있는데 누군가 벨을 눌렀다. 화들짝 놀라 현관문에 있는 구멍을 통해 밖을 보니 동네사람들이었다.

"피 군, 안에 있나?"

"신문에 나왔는데 무슨 부자가 왔다 갔다며."

"맞아, 피 총각. 그 부자가 파이 값으로 어마어마하게 줬다며. 우리도 쫌만 줘봐."

쾅쾅쾅.

자기네끼리 쑥덕거리더니 가버린 마을사람들. 피에치노는 그들이 사라진 것을 보고 잽싸게 문을 열어 옆집 신문을 가지고 들어왔다.

> 세 번째 황금사과의 주인공은 리아트리스. 세기의 로맨스. 피에치노, 리아트리스를 살리다. 소설과 달리 피에치노는 리아트리스를 살렸다……

황금사과? 세기의 로맨스는 또 뭐고. 알지도 못하는 사람하고 무슨 로맨스야. 정말 명예훼손죄로 고발할까보다. 피에치노는 기사를 계속 읽어나갔다.

> 홍콩 최고 부자인 리넘 씨의 딸 리아트리스가 불치병인 아프리카 수면병에 걸렸었다. 그는 아자리아라는 작명을 사용하고 있는 자

신의 딸이 쓴 소설의 주인공이 실제로 한국에 있다는 소식을 듣고…… 그가 이번 일에 사용한 돈은 약 백억 원으로 추정된다…… 지금 재미 한일과학자인 이 박사는 "엘론게이즈와 같은 지방산을 만드는 트리파노소마와 박테리아 효소는 수면병과 박테리아 감염을 치료하기 위해 고안된 약물의 좋은 표적이 될 것"이라 말했다…… 아프리카 수면병의 치료법의 개발에 대한 전망이 기대되고 있다…… 세 번째 사과가 사라졌다. 하지만 어딘가에 또 다른 황금사과가 우리를 기다리고 있을지도 모른다. 우리는 그때를 다시 한 번 기대해본다.

맙소사! 백억이라고? 내가 받은 거라고는 천오백만 원이라고. 그리고 다시 한 번 기대해 보겠다고? 무슨 기대. 정말 여기 신문사 기자 마음에 안 드는군. 피에치노는 기자의 이름을 확인해봤다. 안수리움 크리스탈리넘. 외국이름이잖아? 네 똥 굵고 칼라 똥이다 그래. 무지갯빛 칼라 똥이라 좋겠다. 신문지로 비행기

Piacchino

239

를 접어가지고 날리고 있는데 초인종 소리가 들렸다.

아이씨. 짜증나게시리. 왜 자꾸 오는 거야.

"피에치노 씨, 경찰입니다."

"헉!"

급히 커튼을 조금 젖혀 주차장을 확인했다. 경찰차가 주차되어 있는 게 이번에는 정말로 경찰인 것 같았다. 현관문에 있는 구멍을 통해 밖을 보니 뚱뚱한 바바리를 입고 중절모를 쓴 남자와 삐쩍 마른 남자가 서 있었다. 문을 열자 바바리 입은 남자가 말했다.

"행복동의 마약단속반 남천 형사와 오미자 형사입니다."

"푸하하하, 죽겠다. 오미자래, 오미자."

오미자……. 오미자란다, 오미자. 결국 터져 나오는 웃음을 찾지 못하고 웃어버렸다. 삐쩍 마른 남자가 얼굴이 빨개져선 바바리형사를 툭툭 치며 말했다.

"선배님, 제 이름은 말하지 말라고 했잖아요."

바바리 형사는 신경도 안 쓴다는 듯 물었다.

"피에치노 씨입니까."

"네."

웃음을 참으며 힘겹게 대답했다.

"마약소지 혐의로 잠시 조사 협조 부탁드립니다. 같이 서까지 동행해주시죠."

사기죄가 아니라 마약소지라니. 어처구니가 없어서 말이 안 나왔다. 황당해하는 자신에게 바바리를 입은 남자는 가택수색영장을 보여주며 말했다.

"지금부터 가택수색을 하겠습니다. 협조해주셔서 감사합니다."

결국 피에치노는 경찰서에서 파이에 히로뽕을 넣네 어쩌네 하는 말을 들으며 밤늦게까지 잡혀 있다가 풀려났다. 마약소지로 신고를 했던 이는 이웃마을의 빵집 주인인 듯했다. 그동안 잘 되던 빵집이 자신 때문에 손님이 없었으니 열 받을 만하지. 거기다 파이를 먹고 사람들이 백마를 봤다고 하니⋯⋯. 뭐 아무렴 어떤가. 오해가 풀렸으니 됐지. 이젠 이상한 집단손님도 없고, 사기죄로 고소당하지도 않았지. 나름 지금의 상황에 만족했다. 하지만 천문종은 그렇지 않은가보다.

"사장님, 가게에 파리밖에 날리지 않는데 뭐가 그리 좋으세요."

"손님이 다섯 분이 계신다."

"하지만, 하지만⋯⋯."

울 것 같은 천문종의 표정.

"쯧쯧, 설마 매일 그런 이상한 단체손님을 원하는 거냐. 밖에 나가서 빗자루질이나 해."

시무룩한 표정으로 나가는 그를 보며 피에치노는 웃음을 지었다. 딸랑딸랑— 문에서 종소리가 들리며 어느 갈색 머리 귀여운 소녀가 들어왔다. 아니 이제는 숙녀라고 불러야 할 정도로 성숙한 모습이었다. 부드럽게 물결치는 갈색머리와 장밋빛이 도는 말랑 말랑해 보이는 볼은 손가락으로 찔러보고 싶었다. 문을 여는 순간부터 시선이 갔다. 자신의 심장소리에 현기증이 났다. 소녀와 숙녀의 사이에 있는 그녀는 빵을 집어먹으며 다녔다. 계산도 하지 않고 먹다니⋯⋯. 그러다가 냉장고에 있는 케이크를 발견하고 말했다.

"나 저거 먹을래."

네, 네. 누가 드시지 말라고 했습니까. 드신 거 돈만 내세요. 블랙포레스트를 꺼내며 말했다.

"총 42,500원입니다."

"뭐라고?"

"총 42,500원입니다. 아까 드신 빵 값까지 합한 거예요."

"이씨! 피에치노, 미워."

그녀는 먹던 빵을 던지며 소리쳤다. 황당해서 바라보자 소녀가 자신을 째려보며 말했다.

"프리뮬러에게 이를 거야."

프리뮬러? 프리뮬러! 왜 꿈이라고 치부했을까. 왜 기억을 못했을까. 아무리 이십여 년이 흘렀다고 해도.

"리아트리스."

"으아아악."

발을 동동 구르며 소리를 치는 리아트리스의 모습을 보며 한숨을 쉬었다. 어째 저 지랄 맞은 성격은 도저히 안 바뀌는 건지.

"미안해."

"날 잊어버렸겠다."

미안함에 조금 찔리긴 했지만 뭐 어떤가, 좋은 게 좋은 거다.

"네 모습이 많이 바뀌어서 잠깐 몰라본 거야."

"정말?"

"응."

리아트리스는 어느 정도 안정하는 모습을 보이다가 아예 바닥에 드러누워 발을 동동 구르며 소리를 질러댔다. 피에치노는 조용히 자신의 오랜 친구에게 도움을 요청했다.

"열려라 참깨."

희미하게 모습을 드러내는 프리뮬러. 그때 갑자기 예전에 자신이 프리뮬러에게 당한 일이 생각났다. 피에치노는 항상 가지고 다니던 부적을 품에서 꺼내 프리뮬러의 이마에 붙이며 말했다.

"허벅지의 점과 시나리오를 알려주지 않은 죄. 그리고 날 육 년이나 지구라트에 처박아 놓다니."

프리뮬러는 부적을 입으로 후— 불었다.

"내가 강시냐. 그러는 넌 뽀뽀 받았잖아."

"변태 유령 같으니라고."

"파파보이."

리아트리스는 어느새 우는 것을 그만두고 우리가 싸우는 모습을 흥미진진한 표정으로 바라보고 있었다.

"왜 안 싸워?"

"우리가 싸우는 모습이 재미있어?"

프리뮬러와 피에치노가 물었다.

"응. 원래 불구경 다음으로 재미있는 게 남 싸우는 구경이야."

둘은 눈빛으로 서로 생각을 교환했다. 잠깐 휴전. 조기교육이 중요한 법이라고 했다. 프리뮬러와 피에치노는 어깨동무를 하며 말했다.

"하하, 친구. 오랜만이라 반갑구나."

"하하, 맞아. 너무도 반갑네. 우리는 언제나 친하게 지내지. 우리는 평화를 사랑해."

"평화란 아름다운 거야. 우리 모든 오해를 대화로 풀어나가세."

과연 그들이 그런다고 리아트리스의 성격이 좋아질까? 리아트리스는 그런 그들을 내버려두고 케이크만 먹을 뿐이었다.

Piachino

우리는 네가 알지 못하는 것에 대한 일을 알고 있다

99마리의 양들 중 97번째 양은 도저히 지금의 상황을 이해할 수 없었다. 갑자기 어디선가 새로운 양들이 무지막지하게 들어온 것이다. 신참 양들은 담을 넘어 황금사과를 따먹기 위해 계속해서 담 넘기를 시도했고, 우리는 그 모습을 풀을 뜯어 먹으면서 지켜보았다. 하다가 힘들면 제풀에 지치겠지 하는 생각으로 바라만 봤다. 포기하는가 싶더니 자기네끼리 무언가 쑥덕거리더니 서로의 몸을 밟고 올라가기 시작했다. 발을 바동거리는 모습이 처절해보였다. 불쌍한 자식들. 정말로 모르는 건가. 우리는 결국 담의 진실에 대해 이야기해주기로 했다.

"너희가 높이 올라갈수록 담도 높이 올라가. 그곳을 넘는 것은 불가능하다고."

"아니요. 불가능이란 없어요. 우리가 모두 힘을 합치면 담을 넘을 수 있어요."

우리의 말을 믿지 않는 신참 양들. 그들은 계속해서 서로의 몸을 밟아대며 담 넘기를 시도했다. 털이 군데군데 빠지고 발굽이 빠져 피가 나왔다. 왜 너희는 포기하지 않는 거니. 우리에게 주어진 길이란 편안하게 풀을 뜯어먹거나 지상으로 가는 길뿐이야. 멍청한 자식들. 99마리의 양들이 새로운 양들을 비웃었다. 그들이 올라갈수록 계속해서 올라가는 담.

힘들지? 아프지? 포기해. 우리도 겪어봤던 일이야. 실패와 좌절을 경험하고 절망과 비참함을 느끼며 이리 와서 풀이나 뜯어 먹으라고. 그건 절대로 불가능한 일이야. 하지만 97번째 양의 가슴 한편에서 무언가가 울컥하고 용솟음쳤다. 이 감정, 과연 무엇일까. 97번째 양은 신참 양들 무리로 뛰어들었다. 98마리의 양들이 자신을 보며 말했다.

"어리석구나, 어리석어. 너도 발굽에서 피가 나고 양털이 빠지는 고통을 겪고 결국 이곳에 돌아와 풀이나 뜯게 될 거야."

97번째 양이 말했다.

"난 어리석어. 발굽에서 피가 나도 좋아. 양털이 모두 빠져버려도 좋아. 하지만 오히려 노력하지 않는 게 더 아프고 괴로운 걸. 그걸 이루도록 노력하는 것 자체가 즐겁고 행복해. 그러니까 그깟 아픔 따위는 하나도 상관없어."

97번째 양은 다른 양들이 자신의 몸을 발굽으로 짓밟고 올라가는 것을 참았다. 온몸에 멍이 들었지만 괜찮았다. 왜냐하면…… 어리석은 우리가 해냈기 때문이다. 불가능이 가능으로 바뀌어 있었다. 담 꼭대기에 우뚝 서있는 양 한 마리. 그 다음부터 우리가 담을 넘어가는 것은 쉬웠다. 담 너머에는 우리가 고대하던 황금사과가 있었다. 맛있는 황금사과를 하나씩 먹으니 양치기가 웃으면서 말했다.

"내가 들어줄 수 있는 거라면 들어주마."

여기저기서 들리는 목소리. 신참 양치기들은 예전에 지상에서 인간이었나 보다.

"저의 딸이 아픕니다. 말기 암이에요. 제발 부탁드립니다. 살려주세요."

"제 죽은 아내를 만나게 해주세요."

"잃어버린 아이를 찾아주세요."

그들은 황금을 원하지 않았다. 97번째 양은 마음이 따뜻해지는 것을 느꼈다.

"너는 무엇이 소원이냐."

"전 친구가 없어요. 친구를 가지고 싶습니다."

자신의 말에 양치기는 담을 가리켰다.

"저기 너의 친구들이 기다리고 있지 않느냐."

친구라……. 담이 투명해지더니 담 근처를 서성이며 걱정스러운 표정으로 돌아다니는 양들이 보였다.

"네, 맞아요. 제 친구예요."

"돌아가자."

"네."

97번째 양은 다시 원래의 일상생활로 돌아가게 되었다. 하지만 예전과 달라진 것은 그의 마음속에 숨어 있는 열정을 발견했다는 점이다.

오랜 여행을 끝마치고……

피마자와 양치기는 언덕 아래에서 양들이 담을 넘으려는 모습을 바라보며 이야기를 나눴다.

"난 네 녀석이 리아트리스의 이상한 소원을 들어주라고 했을 때 미친 줄 알았다."

"응."

"그런데. 그런 방법으로 소원을 실행시키게 하다니."

"어차피, 다 잘 해결됐잖아."

"……."

"화났어? 미안. 자식이 다 자라도 걱정 되는 게 부모 마음이더라고."

"그래도 이번엔 너무 심했어."

"미안."

"만날 네가 일을 저지르고 내가 일을 처리하고."

"미안."

피마자는 미안함에 고개를 들지 못했다. 그런데 갑자기 양치기는 자리에서 일어나 그에게 지팡이를 주면서 말했다.

"그래서 우리 한번 역할을 바꿔서 행동해보자고."

피마자는 양치기가 건넨 지팡이를 바라만 봤다.

"뭐해, 안 잡고. 이제부턴 네가 양치기야."

양치기의 말에 지팡이를 잡으니, 양치기가 윙크를 하며 말했다.

"세상에서 가장 맛있는 사과파이를 만드는 남자 아버지에게 잘 보여 둬야지."

"……."

"아무래도 네 녀석은 너무 사고를 많이 쳐서 힘들단 말이야. 그러니 나중에 다시 와."

"……."

"설마, 너같이 머리 좋은 녀석이 이 결과를 생각해놓지 않은 건 아니겠지?"

피마자는 아무 말도 할 수 없었다.

"네 녀석의 좋은 점은 사과파이를 맛있게 만든다는 점밖에 없다고."

"……."

"자기 아들을 어찌나 괴롭혀대는지 불쌍해서 눈물
이 다 나더라."

"……."

"거기다 어찌나 능글맞던지. 네 속에는 능구렁이
가 백 마리 들었을 거야. 아니다. 천 마리는 들었을
거다."

"미안해."

피마자는 울면서 말했다. 양치기는 그런 피마자를
보며 말했다.

"이럴 땐 미안하다는 말이 아니라 고맙다는 말을
하는 거야. 바보."

"고마워."

"잘 다녀와."

양치기가 손을 흔들며 작별인사를 건네 오자, 터져
나오는 울음을 참을 수가 없었다. 고맙다 친구야. 한
마리의 양이 드디어 담을 넘었다. 그들의 열정이 불
가능을 가능으로 바꾸어놓았다. 양치기는 오랜만에
기분이 좋은 듯 양들이 담을 넘어오기를 기다렸다.
피마자 또한 기다란 오솔길을 따라 드디어 오랜 여
행을 마치고 자신의 사랑하는 아내와 아들이 있는

집으로 향했다. 아마도 자신을 보고 놀랄 아내와 아들을 상상하며……

마침내 피마자의 두 번째 사과의 소원이 이뤄졌다. 그리고 그것은 고데치아의 소원이기도 했다.

지구라트의 주민이 쓴 소설 『피에치노』

전기철(문학평론가·문학박사·숭의여자대학교 문창과 교수)

1. 무정부주의자인 신인류

근 2년여 전부터 우리 문단에서는 가라티니 고진의 『근대문학의 종언』을 중심으로 근대문학, 특히 기존의 소설이라는 양식이 종언을 고했느냐, 그렇지 않느냐 하는 논쟁이 끊이지 않는다.

근대 국가의 형성과 관련하여 민족문학의 종언으로 화두를 던진 가라티니 고진은 이제 기존의 민중이나 국가, 혹은 민족이라는 정치적이며 사회 역사적인 문제의식을 가진 소설이라는 양식이 그 생명을 다하여 사회적 의미를 상실했다고 선언한다. 이 선언 속에는 기존의 정통소설이 지닌 역사적, 사회적 역할에 대한 종언이 포함된 것으로, 국가나 민족 단위의 감성이나 사건 혹은 이미지들이 더 이상 독자를 확보하지 못하고 있으며, 새로운 시대에는 새로운 이야기 방식이 필요하며 그것이 꼭 소설이 아니어도 되고, 또 다른 소설 양식이어도 상관없다는 것이다.

이 선언은 전면적으로는 아니지만 부분적으로 울림이 있다. 왜냐하면 우리 문학이 1990년대부터 대서사를 잃고 사적으로 흐르고 있을 뿐만 아니라, 판타지나 무협이 그 자리를 메우고 있기 때문이다. 이는 판타지소설이 대중적으로 문학시장을 점유하기 때문만이 아니라 순수소설에서까지도 판타지적인 요소가 방법적으로 원용되고 있는 데서도 알 수 있다. 더욱이 작가와 독자 사이의 경계가 허물어지고, 인터넷이 급속히 보급되고 있는 현실에서 이러한 경향은 더욱 빠르게 진행되고 있는 실정인 것만은 확실하다.

따라서 새로운 괴기소설이나 모험소설 혹은 우주 판타지 등이 작가와 독자의 상호작용을 통해서 활발하게 창작되고 읽혀지고 있다. 이러한 경향이 우리의 현실에 바람직한지 그렇지 않은지 하는 문제는 이차적이다. 무엇보다도 현실적으로는 문학시장이나 방법의 차원에서 이와 같은 경향이 뚜렷이 나타나고 있기 때문이다.

가라타니 고진의 견해에 대한 찬반의 문제를 떠나서 그가 던진 화두에서 적어도 우리 청소년들의 문학에 대해 어느 정도 이해할 수 있지 않을까 싶다. 오늘의 십대들은 기존의 순수소설이자 정통소설의 문법을 모를 뿐만 아니라 무시하며 자신들만의 새로운 소설을 창작하고 열광한다. 그렇다면 왜 청소년들은 자신들의 소설에 대해 열광하는 가? 그것은 아마도 무엇보다도 새로운 매체의 영향 때문일 것이다. 오늘의 우리 문학이 인터넷이나 만화, 영화와 같은 새로운 매체와 표현 방법에 적응하지 못하고 있을 뿐만 아니라 그와 같은 매체를 적극적으로 수용하고 있는 세대에 대한 이해가 부족하기 때문이다. 인터넷과 셀폰, 아이팟이나 뮤직폰과 같은 매체에 의해 상상하고 대화하고 있는 청소년들에게 현실은 바로 그 매체라고 해도 과언이 아니다. 그들은 종이 문화가 가지고 있는 상상 체계를 거부하는 가히 무정부주의적인 존재들이다. 이들은 국가나 민족, 혹은 역사는 그렇게 흥미롭지 않다. 오히려 그들은 가상현실이라고 하는 더 큰 세계의 주민이다.

다음으로 이 무정부주의자들은 기성세대들이 강요하는 지식이나 규범에 대한 강한 거부감과 탈출 욕구와 실천을 판타지에서 행하고 있다. 어찌 보면 이들은 신인류라고도 할 수 있다. 그들은 기존의 가치관과 세계관이 가지고 있는 편협하고 옹졸한 틀을 벗어나고 싶어하는 욕망이 강하며, 그 강한 욕망을 단순히 꿈만 꾸는 게 아니라 직접 실천하려고 한다. 그들은 절대 꿈만 꾸지 않는다. 적어도 이 신인류인 무정부주의자들은 국가의 경계를 무시하고 자신들의 새로운 나라(아마도 그것은 우주 공간 속의 어느 곳일 것이다)를 꿈꾼다.

『피에치노』 속의 지구라트가 곧 그 공간이다. 여기서 지구라트는 단순히 바벨탑으로 상징되는 고대 페르시아의 신과 인간의 매개 공간이라기보다는, 신인류인 최아름 작가의 현실 공간이다. 최아름 작가는 지구라트라고 하는 가상의 지역에 사는 주민이다. 따라서 최아름 작가는 아폴로 11호 닐 암스트롱이 달에 처음 착륙하여 일성을 했던 '고요의 기지'를 찾아 그곳의 주민 이야기를 하고 있다.

그러므로 기존의 소설이라고 하는 양식을 철저히 해체하지 않을 수 없었을 것이다. 그에게 전통적인 소설기법인 리얼리티나 플롯은 그렇게 중요하지 않으며, 성격과 시점 또한 별 의미가 없다. 고요의 기지인 줄 알았던 지구라트, 역사 속의 한 유적인 줄 알았던 가상의 공간에 새로운 주민이 살고 있다. 그곳에서 삶이나 죽음은 쉽게 바꿀 수 있고, 시간 또한 가볍게 뛰어넘을 수 있다. 자유로운 시·공간의 영역이다.

이 공간에서 피에치노가 한국인으로서 나오기는 하나, 피에치노는 현실적 존재로서의 한국인이 아니라 한국이라고 하는 가상의 땅에 사는 인물일 뿐이다. 그곳은 사막의 옆에 있을 수도 있고, 바다의 한중간에 위치할 수도 있다. 바벨탑이 있는 페르시아 지역의 어느 곳이면 어떤가. 그러므로 『피에치노』는 기존의 소설 문법으로 설명하려 하거나 독해하면 안 된다. 이 이야기는 마녀들이 사는, 신과 인간이 공존하는 신인류의 우주에서 일어난 이야기이다. 따라서 이는 소설 밖의 소설이며, 소설이 아닌 소설이다.

이와 같은 소설에 대한 독법(讀法)이 아직 없는 현실에서 제 능력이 닿지 않는 영역이나 신인류에 대한 기대와 연민으로 『피에치노』에 대한 몇 가지 언급을 해보려고 한다.

2. 지구라트

지구라트를 사전에서 찾아보면 다음과 같다.

BC 2200~500년의 메소포타미아(지금의 이라크)에 있는 주요도시의 특성을 나타내는 종교적 건축 구조물로, 내부를 진흙 벽돌로 채우고 외부를 구운 벽돌로 덮었다.

안에는 방이 없으며 보통 기단은 길이가 각각 50m인 정사각형이거나 세로 40m, 가로 50m의 직사각형이다. 지금까지 약 25개의 지구라트가 발견되었으며 수메르·바빌로니아·아시리아 유적에서 거의 같은 수가 발견되었다. 원상태의 높이만큼 보존되어 있는 지구라트는 하나도 없다. 원래는 밖으로 낸 세 개짜리 계단이나 나선형 통로를 통해 올라가도록 했으나 발견된 지구라트 가운데 거의 반수는 올라갈 수 있는 어떤 길도 찾아볼 수 없다. 경사 부분과 테라스를 종종 나무와 관목으로 조경해 바빌론의 공중 정원 같은 구조를 만들었다. 가장 잘 보존된 지구라트는 우르(지금의 탈알무카이야르)에 있는 것이며 가장 큰 것은 엘람의 초가잠빌에 있는 것으로 길이가 각각 102m인 정사각형 기단에 높이는 24m인데 그것도 원래 높이의 반으로 추정된다. 전설상의 바벨탑은 일반적으로 바빌론에 있는 마르두크 대신전 지구라트로 여겨진다. (브리태니커백과사전)

쉽게 말하면 지구라트란, 종교적 건축물로서 신과 교통할 수 있는 곳이다. 작가가 왜 지구라트라고 하는 가상의 공간을 설정하였는가에 대해서는 정확히 알 수 없지만 소설 내용 속에서 그 일말을 찾아보면 다음과 같다.

"넌 지구라트에 가야 돼. 그곳은 하늘의 신과 땅이 신
이 만나는 곳이지."
"지구라트에 도착하지 못하면 집으로 갈 수 없어. 가기
싫으면 평생 여기서 살든가."
이곳에서의 피에치노는 지구라트를 발견하려는 수많은
사람들 중의 하나이며 (중략) 땅의 신은 신이 죄를 지어
지상에 육신을 가지고 태어난 존재를 지칭한다. 오직
지구라트는 땅의 신과 하늘의 신만이 있을 수 있는 신
들만의 장소로서 신이 아닌 존재는 황금사과를 먹을
수 없으며, 땅의 신이 황금사과를 먹으면 하늘의 신이
소원을 들어준다.
"하늘의 신이시여, 저의 소원은 저의 아빠 피마자와
엄마 고데치아와 함께 행복하게 사는 것입니다."
황금빛 사과나무가 보였다. 지구라트다.

이상으로 미뤄볼 때 지구라트는 하늘의 신과 땅의 신이
거주하는 곳으로 소원을 빌려면 그곳에 가야하며, 사람
들은 그곳에 가서 소원을 빌 수 있다. 또한 그곳에 가기

위해서는 황금사과를 먹어야 한다. 황금사과를 먹고 그곳에 가서 양치기에게 소원을 빌면 들어준다.

이와 같은 지구라트에 대한 작가의 설정은 기존의 지구라트에서 크게 벗어나지 못하고 있기는 하지만, 그 지구라트는 재생의 공간이면서 정화의 공간으로서 새로운 우주관이라고 하지 않을 수 없다. 작가에게 지구라트는 우주의 한중간에 위치하는 공간으로, 신과 인간의 매개적 장소이면서 신인류의 거주지로 설정되어 있다. 그곳을 통해서 기존의 인간은 재생을 하며, 새로운 인간이 된다. 피에치노와 홍콩 거부의 딸 리아트리스의 만남은 지구라트를 통해서 이루어진 신인류의 결합이다.

뿐만 아니라 피에치노가 하늘의 신과 땅의 신의 결합을 통해서 태어났다는 설정과, 마법사로서의 리아트리스의 재생, 그리고 피에치노와의 결합은 지구라트가 단순히 신들이 거주하는 곳을 넘어 보다 넓은 우주관에서 비롯하였다는 것을 말해준다. 따라서 마녀니 마법사니, 황금사과, 사과파이 등은 새로운 우주관과 관련한 매개어들이다.

그러므로 『피에치노』라는 소설은 신인류에 의한 신세계의 소설이다. 플롯이나 인물의 설정 그리고 공간이나 시간의 설정이 기존의 소설작법에서 꽤 벗어나 있는 이 소설은 거칠고 허황되어 보여서 독서에 힘이 들기는 하지만 신인류를 지향하는 작가 자신의 꿈과 이상을 마음껏 그려 넣지 않았나 싶다. 거기에 기존의 소설작법이며 인물이나 플롯이 그렇게 중요하지 않은 듯이 보인다.

지상의 모든 존재들은 지구라트를 꿈꾼다. 피에치노도 마찬가지이다. 처음에는 집으로 돌아가기 위해서, 그 다음으로는 아버지를 되살리기 위해서, 또 사랑하는 이와 함께 하기 위해서 지구라트를 찾아가는 여행을 떠난다. 그리고 지구라트로 가는 여행 중에 리아트리스와 프리뮬러를 만난다. 그 여행 중에 그는 수없이 많은 비현실적인 일을 만나게 되며, 결국에는 사과파이를 만드는 빵가게를 운영한다.

현실과 비현실을 자유롭게 넘나드는 이 소설은 분명 판타지라고 하는 장르적 특성을 지니고 있다. 이런 장르적 특성을 무시하고 이 소설을 읽으면 너무 황당무계하다는 걸 느낄 것이다. 하지만 지구라트나 황금사과라고 하는 매개체의 설정은 이 소설이 갖는 최고의 가치가 아닐까 싶다. 나름대로의 우주관과 신인류의 꿈을 서툴게 그려 놓고 있어서 그렇지 분명 자신의 생각을 마음껏 표현한 것만은 사실이다.

특히 곳곳에 등장하는 꽃말들(아스파라거스, 트리토마, 리아트리스, 프리뮬러, 고데치아, 피마자 등)은 이 소설이 단순히 인간적인 것만은 아니라는 걸 보여준다. 꽃과 같은 식물이나 인어, 낙타나 백마 등 동식물의 세계까지를 아우르려고 하는 작가의 의지를 보여준다.

3. 황금사과, 사과파이

황금사과는 지구라트에 갈 수 있는 매개이다. 황금사과란 희랍신화에 나오는 아프로디테와 파리스, 그리고 헬레나와 트로이 전쟁이 얽혀 있는 매개이다. 황금사과를 탐하는 세 미인 중에서 파리스가 아프로디테를 미인으로 뽑은 후 자신의 나라도 잃고 비극으로 치달을 수밖에 없게 된다. 그 황금사과를 작가는 지구라트라고 하는 꿈의 시공간으로 들어가는 매개로 끌어들였다.

지구라트에는 황금사과가 열려 있다. 그 황금사과를 먹어야만 소원을 이룰 수 있다. 따라서 황금사과는 피에치노에게 운명의 열쇠에 다름없다. 프리뮬러의 사과나 피마자의 세 번째 사과 등은 모두 피에치노의 운명과 관련

되어 있다. 피에치노는 황금사과로 인해 아버지를 만나게 되고, 어머니와 오래 살게 되며, 리아트리스와 현실에서 재회하게 된다. 이러한 황금사과의 비밀을 통해서 작가는 운명에 대해 말하려고 한다.

조금 군더더기인 것 같지만 피에치노가 아버지가 만들어준 맛있는 사과파이를 굽는 빵집을 운영하면서 리아트리스와 재회하고, 리아트리스에게 세계를 지배할 수 있는 길을 열어준다는 것도 같은 맥락에서 읽을 수 있을 것 같다.

이 소설은 기존의 소설 작법으로는 읽기 힘든 소설이다. 앞에서도 잠깐 언급했지만 새로운 세대의 새로운 작법으로의 판타지가 기존 소설의 작법인 리얼리티를 대체하려는 의도를 내보이고 있다. 작가의 노력이 계속되길 바라며, 다음을 읽어보면서 이 글을 마치려고 한다.

난 어리석어. 발굽에서 피가 나도 좋아. 양털이 모두 빠져버려도 좋아. 하지만 오히려 노력하지 않는 게 더 아프고 괴로운 걸. 그걸 이루도록 노력하는 것 자체가 즐겁고 행복해. 그러니까 그까짓 아픔 따위는 하나도 상관없어. 🐟